Markus Fritsche

Wenn Dalí noch leben würde

Originalausgabe – Erstdruck

Markus Fritsche

Wenn Dalí noch leben würde

Streifschüsse in Cadaqués

Roman

Schardt Verlag Oldenburg

Bibliographische Information der Deutschen Bibliothek:

Die Deutsche Bibliothek verzeichnet diese Publikation in *Der Deutschen Nationalbibliographie*; detaillierte bibliographische Daten sind im Internet über *http://dnb.ddb.de* abrufbar.

1. Auflage 2005

Copyright © by
Schardt Verlag
Uhlhornsweg 99a
26129 Oldenburg
Tel.: 0441-21779287
Fax: 0441-21779286
Email: schardtverlag@t-online.de
Herstellung: Janus Druck, Borchen
Umschlagfoto: Markus Fritsche
ISBN 3-89841-165-6

Widmung

Für Heiner
und für meine Tochter Emma,
Reinkarnationen einer Heimat.

„Das Unbewußtsein ist eine Heimat,
das Bewußtsein ein Exil."

(E. M. Cioran)

Wenn Dalí noch leben würde, dann wäre sie jetzt nicht aufgebrochen. In der Nähe des Bodensees war Helena in ihr Auto gestiegen. Der Kilometerzähler klickte leicht und veranschaulichte ihr bildlich, daß sie jetzt kontinuierlich unterwegs war. Nach Cadaqués. Ein kleines spanisches Fischerdorf, sechzig Kilometer hinter der französischen Grenze. Eine Landschaft, die auf fast allen Bildern von Salvador Dalí durchdringend präsent war. Die Inspirationsheimat eines umstrittenen, aber unbestritten großen Malers des auslaufenden Jahrhunderts. In elf Jahren, nach der Milleniumswende, würde man sogar von einem genialen Künstler des vergangenen Jahrtausends reden. Da war sich Helena sicher.

Jetzt war noch 1989, der 28. Dezember, und auf der Fähre von Meersburg nach Konstanz ging schräg über dem See die deutsche Wintersonne unter. Auf der gekräuselten, vergoldeten Wasseroberfläche stand mit großen, wabbernden Buchstaben: Nach Cadaqués. Ins Exil eines auch von Hitler faszinierten Surrealisten, der nun schon seit ein paar Monaten tot war. Um genau zu sein, seit elf Monaten und fünf Tagen.

Natürlich. Ende Dezember würde Dalí im Jahresrückblick des spanischen Fernsehens noch einmal sterben. Ganz bestimmt säße Helena in zwei, drei Tagen in irgendeinem Café in Cadaqués und würde gebannt auf den Bildschirm starren. Klar.

In den Biographien von und über Dalí beschlich offensichtlich nicht nur Helena das durchdringende Gefühl, daß der Maestro schon mit vier Jahren Perfektionist gewesen war. Ehrensache, daß er dann insbesondere seinen Tod geradezu perfekt perfektionistisch inszeniert hatte. Das würde Helena sich anschauen. Vielleicht sogar in schwarzweiß.

Hinter Genf machte Helena die erste Pause, durch Frankreich lief der Motor gleichmäßig geradeaus. Ohne Gestotter, Haltesignale und Vorfahrtsregelungen schnurrte er sich selbstzufrieden durch seifig schäumende Wasserfluten. Der schwimmende Asphalt machte Helena hellwach, die Unterbrecherkontakte schliefen derweil. Sie hatte schon zwei Kinder. Ihr Sohn war jetzt volljährig, ihre Tochter schon siebzehn. Ihr drittes Kind hieß ab heute Salvador Dalí, mit seinen vierundachtzig Jahren erst gerade frisch verstorben.

Zerstreut tauschte Helena die L'Autoroute du Soleil gegen die Route Nationale ein, was ihren vier- bis sechsspurigen Fahrstil kaum änderte. Sie fuhr weiter, auf der Suche nach Einsamkeit unter Menschen, die fremd sein dürfen. Von Lyon stadtauswärts fuhr sie wie auf dem Hals der „Brennenden Giraffe" entlang. Überall Schubladen, überall Krücken, überall lodernde Dunkelheit. Doch im Gegensatz zu dem zwischen 1936 und 1937 von Dalí gemalten Bild war hier und jetzt die Magie gänzlich im Eimer. In dieser Jahreszeit hatte es um Lyon herum fast immer verläßlich starken Nebel. Man erahnte die breite Ausfallstraße, aber alle Schilder waren unsichtbar. Die Nachttemperatur pendelte unsicher um den möglichen Gefrierpunkt herum.

Helena war auch unsicher. Zum Beispiel, ob sie wirklich noch unbedingt weiterleben wollte.
 Natürlich. Leben – jetzt, hier, um Lyon herum, unbedingt. Mit jeder Pore und Faser.
 Natürlich. Leben – jetzt, hier, mit den Kindern, unbedingt. Mit noch mehr als jeder Pore und jeder Faser.
 Aber unbedingt weiterleben?
 Das war schon ein anderes Kaliber. Ungefähr von der Größenordnung einer herrenmenschlichen Bombardierung des Irak durch die Vereinigten Staaten von Amerika, wie Helena es in zwei Jahren zum ersten Mal erleben sollte. Es war das Kaliber Sinnlos.
 Tolles Kaliber. Tolle Waffe. Tolle Treffsicherheit. Toller Materialschonungseffekt. Toller Wirkungsgrad einer schmerzfreien Ausradierung. Tolles kapitalistisches Legitimationsgeheuchel. Tolle Herrenmenschlichkeit. Tolles Kaliber. Blut für Öl? Wäre das ein Problem? Dann würde man das Auto eben mit Blut betanken. Hauptsache, es könnte dann weiterfahren. Über diesen Perfektionismus wäre vielleicht sogar ein Dalí ins Grübeln gekommen. Könnte man sich in den Kratern einer solch globalen Kriegsmedienlandschaft, aus der sorgfältig jedes menschliche Leben, jeder unmenschliche Tod herausgefiltert sein würde, dann noch anders als „surrealistisch" fühlen?
 Nein. Das könnte man natürlich nicht. Dalí hatte das eben über ein halbes Jahrhundert früher gewußt.
 Nun war aber nicht jeder so ein dalinistisches, orakeltalentiertes Genie. Helena fragte sich, wer man sein müßte, um überhaupt gehört zu werden, wenn man sich wehrte. Sie dachte dabei nicht einmal an den sehr menschlichen Vorgang, ernst genommen zu werden. Nur gehört zu werden. Da mußte man sich doch heutzutage schon ins Jenseits der Unnormalität begeben, sich also zum

Beispiel auf einer Nationalstraße zwischen Lyon und Orange die Frage stellen, ob man noch *unbedingt* weiterleben wollte. Kurz vor dem Zweiten Weltkrieg war der Surrealismus keine Lösung gewesen. Er war ein Bruch gewesen. Insofern war er goldrichtig gewesen. Gab es keine Lösungen mehr, dann war die Lösung der Bruch.

In der Altstadt von Béziers suchte Helena nach einem Café. Es war kurz vor Mitternacht. Sie fand nur noch ein offenes italienisches Restaurant. Direkt ans Fenster bestellte sie sich einen doppelten Espresso. Der nebelfreie Blick auf vormittelalterliches Mauerwerk lud auch zu einem kurzen Studium der französischen Weihnachtsbeleuchtung ein. Helena hatte es rasch abgeschlossen und vermißte das fehlende, typisch deutsche Einheitsweißgeflimmer nicht.

Ende 1989. Der Absprung in ein neues Jahrzehnt. Das letzte in einem ganzen Jahrtausend. Das erste seit achtzig Jahren ohne einen lebendigen Dalí. Im Radio lief „Je t'aime". Jane Birkin stöhnte authentisch orgasmusreif. Helena hörte es jetzt gern. Küsse am Nachbartisch bissen sich im Rhythmus fest. Wie grobes Scheuermittel rutschten die unter der fettigen Tischplatte ineinandergeschlungenen Beine über den glanzlosen Boden. Kußbreitseiten wie Maschinengewehrsalven in einem Feuergefecht. Stahlweich und butterhart. Cremezart und eisenhaltig. Naßmatt und feucht glänzend. Das Duell zweier weit aufgerissener Münder.

In letzter Zeit war Helena viel unterwegs. Auch, um nicht immer bei sich bleiben zu müssen. Sie war jetzt neununddreißig, in ihrer Ehe war sie vor fünfzehn Jahren Witwe geworden. Ein forscher Seitenblick in wattierten Handschellen huschte vorbei. Die Frau war hoch gewachsen, makellos schön und betrunken.

Das war es eben auch. Schon weit vor ihrer Ehe hatte Helena festgestellt, daß sie sich auch von Frauen angezogen, in ihren geheimen Wünschen von ihnen ausgezogen gefühlt hatte.

Erst lange nach dem Tod ihres Mannes hatte Helena gelernt, auf ihren zwei Beinen auch zu stehen. Ihr Mann, und auch manch anderer Mann, hatten ihre schmalen Fesseln geliebt. Auf zwei Beinen zu stehen, die in diese schmalen Fesseln mündeten, nicht damit umzukippen, sondern darauf stehenzubleiben, das hatte lange gedauert. Aber jetzt fühlte es sich schon fast latent fundamental an. Eine fast surrealistische Gesamtkomposition.

Helena bezahlte und fuhr weiter durch die Nacht, Richtung Westen. Die zum Greifen nahe Küste verlief entgegengesetzt der Wetterlinie. Gleich die spanische Grenze. Schon nach weiteren fünfzig Kilometern würde Figueras kommen. Dort war Salvador Dalí am 11.05.1904 geboren worden. Ein paar Tage nach seinem Ableben in der Quirón-Klinik in Barcelona am 23.01.1989 hatte man ihn dort auch aufgebahrt und beigesetzt.

Dalí hatte schon vorgeburtlich einen Doppelgänger, dem er nachgeburtlich nie begegnen konnte. Sein eigener Bruder war 1902, im Alter von knapp zwei Jahren, verstorben. Natürlich mußte er auch den Namen seines verstorbenen Bruders tragen. Aber das war noch das Geringste. Seine Eltern sahen in ihm, dem Zweitgeborenen, die gestochen scharf reinkarnierte Kopie des Erstgeborenen. Das Original Salvador Dalí war also zunächst gar nicht Salvador Dalí, sondern die offene Wunde des verstorbenen Doppelgängers. Der tatsächlich lebende Salvador Dalí mußte erst einmal das Phantom seines brüderlichen Doppelgängers aus sich heraustreiben, um zu sich selbst kommen zu können. Er mußte sich sorgsam schützen, er mußte jederzeit bereit sein, das brüderliche Phantombild zu übertreffen.

Wenn ihn seine Eltern wieder einmal wie den Erstgeborenen oder gar wie die schlechtere Kopie davon behandelten, dann blieb ihm wirklich nichts anderes übrig, als schrill zu schockieren, antikonformistisch zu provozieren oder einfach nur genau das Gegenteil zu machen. Er hatte im Grunde keine andere Möglichkeit, als so schnell wie möglich noch egozentrischer als nötig zu werden. Nicht erstaunlich, daß er mit vier Jahren unbeherrscht wild zu zeichnen anfing und mit sieben Jahren unbedingt Napoleon sein wollte. Nicht verwunderlich, daß er mit vierzehn Jahren seine erste Ausstellung in Figueras hatte und mit achtundzwanzig Jahren schon erfolgreiche Einzelausstellungen in Paris und New York vorweisen konnte. Man hätte es sich fast denken können, daß er schon mit achtunddreißig Jahren so richtig frühreif seine erste Autobiographie veröffentlichte.

Das frühreife Kind Dalí war kühn, unverbesserlich, störrisch, verwöhnt und widerspenstig. Möglicherweise hatte es in seiner Kindheit häufiger den Wunsch, ein Mädchen sein zu dürfen. Einfach, um nicht sein eigener Bruder sein zu müssen. Überzogenheit, überlagerte Schüchternheit, Täuschungslust und personale Experimentierfreudigkeit mit jeglicher Form von Maske mündeten in zunehmend ausufernde Selbstüberhöhung. Rationalität konnte man nur noch mit Irrationalität begegnen. War das Äußere beanstandungslos gut, dann mußte das Innere zwingend schlecht sein. Alles in allem die prallsatteste Farbpalette für seine späteren Bilder. Oft auf den ersten Blick nicht ersichtlich mündeten Farben, Formen und Motive Hand in Hand in den dahinterstehenden Ausdruck.

Dalís Eltern waren übertrieben fürsorglich und fast hoffnungslos überfordert. Der erste Sohn war schon tot. Und der zunehmend expressiv schillernde Charakter des zweiten Sohnes zog nicht unbedingt die Einladung auf ein Ruhekissen nach sich. Die übertriebene Fürsorge machte Dalí nicht gerade selbständiger und unabhängiger. Das Kindermädchen eignete sich hervorragend als Talentsuchbühne für seine verzweifelten Bemühungen, sich selbst zu sein. Die Strenge des Vaters, ein auch in der weiteren Umgebung von Figueras anerkannter Rechtsanwalt, und die behütende Übermama in seiner Mutter erforderten weitere Spagate in schwindelerregenden Kindheitshöhen.

Dalís Kindheit war wie ein gravitationsgeplagtes Vakuum außerhalb des Teufelskreises der Erdenklichkeit. Mit viel Schwere in der wenigen Erdenklichkeit.

Helena bremste scharf ab, als der Grenzbeamte blitzschnell seine Hand aus der Jackentasche schnellen ließ. Der daran hängende Arm verwandelte sich in ein steifes, brüskiertes Stoppschild. Natürlich war sie viel zu schnell gefahren. Kein Wunder, bei so viel mental realistischer Abwesenheit. Die Maschinenpistole des grauuniformierten Grenzbeamten wippte leicht nach, als er ihr durch die Windschutzscheibe ungeschützt stechend ins Gesicht sah. Helena kurbelte das Seitenfenster herunter. Ein paar höfliche Worte, ein paar keinen Widerspruch duldende Aufforderungen. Der konstruierte Dialog verstummte abrupt. Der Lauf der Maschinenpistole winkte sie mit einem kurzen Nicken durch. Helena ließ das Fenster unten und bildete sich ein, daß es hinter der Grenze sofort spürbar wärmer wurde. Aus ihrem Kassettenrecorder dröhnte „Siesta" von Miles Davis ungeschützt nach draußen. Noch ein paar Autobahnkilometer, dann über biegsame Landstraßen einen großen Berg überfahren. Nach der Paßhöhe würden nur noch die Serpentinen nach Cadaqués hinunter bleiben. Irgendwie hatte Helena heute Nacht die Blase eines Elefanten, der nicht konfirmiert worden war. Eine Pinkelpause nach der anderen war ausgefallen. Der jetzt schon vor ihr liegende Berg war wie eine lichterloh brennende Grenze vor einer sorgsam geschwärzten Nachtkulisse. Wie eine tropische Komödie, die in der Antarktis verfilmt wurde. Wie eine mediterrane Tragödie, deren Premiere jetzt direkt auf dem Äquator ausgestrahlt wurde. Helena drückte auf dem Gaspedal herum und schoß sich in H-Form kreuz und quer verschaltend die Serpentinen hoch. Ihre vorwärtspreschenden Kontrastmittel zielten auf ein Niemandsland neben ihrem Herz. Helenas Herz war auf vier Grenzpfeilern aufgebaut, die sie von einem fernen Land, welches noch vor dem Niemandsland lag, beharrlich trennten. Sie würde jetzt gerne ihre Augen sehen. So wie sie gewesen waren, als sie siedend heiß aus dem Geburtskanal geschossen gekommen waren. Sie würde jetzt gern ihren ersten Schrei auf dieser Welt hören. So wie er gewesen war, als der Geburtskanal plötzlich geschlossen gehabt hatte.

Helena kreiste die Serpentinen schon wieder hinunter, als sie aus der Ferne zum ersten Mal Cadaqués sah. Unwillkürlich schaute sie auf die Uhr. Vier Uhr morgens. Da unten hatten noch ein paar Bars und Kneipen offen. Das Glashaus, das Frontera, das Belle Epoque, das L'Hostal. Die euphorische Verlockung war groß. Aber Helena wollte ihren Seelendrehzahlmesser aus dem roten Bereich haben. Sie fuhr in die nächste Ausbuchtung neben der Straße. Am abgestellten Motor, der metallisch nachknisterte, wärmte sie ihre Hände. Aus der Ferne ein winterrauher Meeranschlag. Es roch nach grasgrünen Pinien und streng modernder Feuchtigkeit. Von unten kam ein Auto aus Cadaqués hoch. Als es nach einer Zigarettenlänge an Helenas Straßenbucht vorüberschoß, glitzerte der Asphalt im aufgeblendeten Scheinwerferlicht. Helena fror nicht. Aber hatte es gefroren? Sie nahm Anlauf und versuchte durch die Dunkelheit über die Straße zu schlittern. Nichts. Sie blieb haften wie Kukident. Im Bewußtsein, daß es bald zu dämmern anfangen würde, fing sie an, zu frieren. Neben der Ausbuchtung an der Straße war etwas Unterholz und ein paar Olivenbäume. Sich entlang von feuchten Unbekannten durch die Dunkelheit tastend sammelte sie ein breites Spektrum an dünnen und dicken Ästen ein. Das Gewirr lud sie in den Kofferraum, den nächsten Steinpfad, der von der Straße meerwärts abzweigte, nahm sie sofort. Helena hatte kein Geländeauto, aber mit viel Gefühl für Kupplung, Gas und Bremse ging es ohne Stoßdämpferbruchkatastrophen im Schrittempo leidlich voran. Auf diese Art von Rücken- und Gesäßmassage hätte sie um diese Uhrzeit auch gut und gerne verzichten können. Aber sie wollte dem Meer unbedingt noch ins morgendämmernde Gesicht sehen. Als die unsichtbare Landschaft am Boden immer tiefere Risse und breitere Gräben bekam, parkte sie das Auto hinter einem Felsen. Messerscharf gezackt fing es im Osten zu dämmern an. Ihr nunmehr privates Felsenséparée zeigte genau dorthin. Ein Glücksfall, und das Kreuz des Südens war auch noch in Sichtweite. Erst jetzt spürte Helena, wie müde sie wirklich war. Die zu erahnende Landschaft um sie herum bestand aus isoliert aneinandergereihten Tunnelblicken. Sorgsam schichtete sie das Feuerholz und schüttete ein paar Benzinexkremente aus dem Reservekanister darüber. Im Schlafsack legte sie sich neben das züngelnde Flammenwunder.

Sie hatte es geschafft. Ganz allein. Sie war so gut wie in Cadaqués. Helena war stolz auf sich. Fast neben ihr brodelte aufgestachelt das Meer. Jetzt sah man schon Fetzen von Landschaft. Sie lag mitten in einem lunaren Park, überall blankes Mondgestein. Viele Krater, zackige Reliefs neben vom Wind glattgeschliffenen Steinbäuchen. Kaum Vegetation. Ein paar Gräser und niedere Büsche, die vom Tramontana über Jahre hinweg alle in eine Richtung geföhnt worden waren. Viele Moose und Flechten, sogar ein paar kleine Grasteppiche. Es mußte hier vor kurzem noch viel geregnet haben.

Über ihr tauchten die ersten Sonnenstrahlen auf den grauen Schieferformationen ihrer Felsenwächter auf. Helena lag noch unten, im Schatten, wo das Feuer knisternd die ersten Glutteppiche produzierte. Die schlierende Wärme war zum Anfassen. Nicht um eine Spur erhöht klopfte ihr Pulsschlag weiterhin an ihrem Leben an. Philosophisch gesehen wären ihr jetzt schon einige Begründungen für Angst eingefallen. Sie lag jetzt aber ganz unphilosophisch da. Hier, im Sonnenaufgang irgendwo an der Costa Brava. Und fürchtete sich nicht. Nicht einmal ein Messer, einen Knüppel oder Steine hatte sie sich neben ihr Kopfkissen, einer Felljacke aus Peru, gelegt. Wohlig streckte sie sich an den Nähten ihres uralten Schlafsackes entlang. Ihr wurde schon langsam warm. Als die Sonnenstrahlen an ihrer Gesichtshaut leckten, kosteten sie bereits von einer hauchzarten Salzschicht. Da schlief Helena schon tief und traumlos. Ihre Hände lagen gekreuzigt auf ihrem Bauch.

Sie erwachte gegen Mittag. Keine Wolke am Himmel, fast windstill, warm. Sie war aus einer ganz anderen Welt gekommen. Nur langsam kam sie ihrer internationalen Orientierung auf die Spur. Die trocknenden Wärmefluten trugen dazu bei, daß Helena einfach noch ein wenig liegen blieb. Ihre Hände lagen noch immer gekreuzigt auf ihrem Bauch. Die Winterpastelltönung der Luft knabberte versöhnlich an der zerklüfteten Mondlandschaft. Knallende Kontrastfarben rissen an Helenas Augenlidern, so daß sich darunter fast kein Schatten mehr festkrallen konnte. Hier und da blühten sogar kleine gelbe und weiße Punkte auf den fremd wirkenden Grasnarben. Die Felsformationen erzählten ehrfürchtig stumm die uralten Seefahrergeschichten weiter. Vernarbte Gesichter mit inkongruenten Augen starrten auf Helenas Lagerplatz, auf dem jetzt schon eine Espressokanne röchelte. Viele dieser Gesichter hatte Dalí stundenlang betrachtet gehabt, bevor er sie mit Ölfarbe getränkt und besessen den nächsten Pinselschwüngen übergeben hatte. Wie neugeboren wandelte Helena über das schroffe Gestein. Ununterbrochen schaufelte das Meer Gischtvorhänge vor den Horizont. Stille und Gegenlicht durchdrangen sie. Selbst ihre Minimalanforderung an die Selbstverbalisierung war gänzlich verstummt. Helena atmete mehr aus als ein, sie hatte etwas hinter sich gelassen.

Zum Beispiel 1966. Dalí war 62 Jahre alt geworden, und Vietnam war eine mit Napalm umhüllte Sonnenorange. 1966 trug Helena schon seit Jahren keine Windeln mehr. Windeln. Diese wunderbar wattweichen Hochsicherheitstrakte, diese supersoften Schützengräben, diese flauschig umhüllenden Bunkeranlagen gegen Vergewaltigung.

1966. Gänzlich unsurrealistisch war Helena schon über Jahre hinweg mißbraucht und geschunden worden.

1966 schrie die Welt gleichzeitig nach Frieden und Revolution. Und Helena hatte nur noch Blut in ihren mit rosa Herzen verzierten Höschen. Feuerfliegen brannten sich auf der Blutkruste ein, aus ihren verschmorten Köpfen quollen Bombenschwaden und Flammenrauch. Die glühenden Verätzungen emaillierten sich noch Jahrzehnte später bis zu Helenas Kehle hoch.

1966 hatte Dalí eine Privataudienz bei Franco. Und in Vietnam brannten selbst die begrabenen Toten beißend in ihren Gräbern weiter.

1966. Kindheit und Jugend von Helena. War da nichts schöner als Vietnam? Frischblutende Schweigeverdammnisse quollen wie Maschinengewehrsalven aus ihrem Unterleib. Angst vergitterte ihre Augen. Nicht rosten wollende Stahlgeflechte aus Schuldgefühlen stachen immer wieder blind auf ihren Überlebenswillen ein. Wind aus Vietnam plusterte das brennende Napalm auf, das ihr Vater verspritzte. In Helena erlosch eine Kerzenflamme, die kräftig und hoffnungsvoll gebrannt hatte. Die Stahlgitter aus Schuld und Scham durchtrennten den Kerzendocht, die Rettungsleine war gekappt.

1966 hatte Helena noch keine vollen Brüste. Ihren Vater störte auch das nicht. Er fand, daß die Vietnamgegner ein ungewaschener Dreckshaufen waren. Er wusch sich selten, bevor er in sie eindrang.

Helena wollte noch einen Schritt weitergehen und realisierte erst im allerletzten Moment, daß sie bereits auf der vordersten Kante der Klippe stand. Energisch und zornig taumelte sie ein paar Schritte zurück. Während sie stürzte, sah sie sich hastig um. Es dauerte lange bis sie sich sicher war, nicht mehr in Vietnam zu sein. Erst dann atmete sie wieder.

Zerstreut packte sie ihre Sachen ins Auto, wütend buckelte sie die Mondpiste zurück. Mit quietschenden Reifen bog Helena auf die einzige asphaltierte Straße in dieser Gegend ein. Die Serpentinen nach Cadaqués hinunter waren ohne Panzerspurrillen und Hubschrauberlandeplätze. In der Linie der ersten Häuserreihen standen keine schmutzig weißen Zelte mit großen roten Kreuzen darauf.

Vor dem Zeitalter der Dampfschiffahrt konnte man sich von Cadaqués aus mit einem Segler nach Amerika einschiffen. Die Umsegelung des nahe bei Cadaqués liegenden Cap de Creus war aufgrund der Strömungen sehr gefährlich. Unterhalb der bizarren Felsformationen lagen unzählige Schiffswracks auf einem der berüchtigsten Felsenfriedhöfe der Costa Brava, der Wilden Küste.

Noch bis vor zehn Jahren waren die bergigen Hügel um Cadaqués herum ein bekanntes Weinanbaugebiet. Dann kam die Reblaus und vernichtete alles. Nach und nach verwandelten sich die bergigen Hügel in Olivenhaine, die durch sommerliche Feuersbrünste immer wieder großflächig dezimiert wurden. Helena hatte schon manchmal den Eindruck gehabt, daß das Olivenöl aus dieser Gegend auf den hinteren Zungenpartien einen typischen Weißweinabgang entwickelte.

Jeden Sommer zogen täglich zwanzigtausend Menschen durch Cadaqués, doch nur jeder Zehnte wohnte dort auch im Winter. Um, so wie Helena vor ein paar Stunden, von der Ampurdánebene heraus nach Cadaqués zu kommen, mußte man über den Paß von Peni. Vor der Erfindung des Automobils durfte man für diese Strecke fast einen ganzen Tag in staubverhüllten Kutschen absitzen. Heute ging das ganz schnell, nicht wahr Helena? Es sei denn, man kam in der Hochsaison, in der sich um den Berg herum tagtäglich liebend gern ein Stauzentrum für ballungsfreundliche Touristenautos bildete. Dem hitzewallenden Aggressionspegel nach handelte es sich hierbei stets um stark strahlende Wespennester kurz vor dem Gau. Helena hatte das einmal miterlebt. Da mit dem Fahren ohnehin nichts ging, mußte sie sich plötzlich in Schlangenlinien durch noch verbale Schlägereien manövrieren.

Ampurdán. Cadaqués. Cap de Creus. Umschlossen von nacktem, Salzwasser fressendem Fels und dem permanent daran nagenden Meer. Umschlossen von tausendarmigen Tentakeln zweier zeitlos um sich selbst werbender Heiratskandidaten.

Abgesehen von den Sommermonaten lag Cadaqués zumeist in der halbgefrorenen Wiege des Tramontana, der von Nordwesten her die Seele unnachgiebig einschwärzte. Launisch. Unangenehm. Eisig. Sich unbarmherzig durch Landschaft und den darin wohnenden Puls fräsend. Unter dem Strich ergab das auf Dauer eine überdurchschnittlich hohe Selbstmordrate. Wer sich nicht umbrachte, verfiel einer distanzlosen Abenteuerlust oder verwilderten Ausbruchsorgien. Lebensläufe ähnelten einem Flipperautomaten, der sich auf Teufel komm raus mit exzentrischen Dauerverwucherungen und unmenschlichen Formen von nicht anfaßbarem Wahnsinn paarte.

Unter den berühmten Malern der letzten Jahrhunderte gab es keinen, der so sehr in *EINER* Landschaft verhaftet blieb wie Salvador Dalí. Die Landschaft seiner Kindheit und Jugend. Die Landschaft, die bis in seine weit ausgedehnte Sterbesequenz hinein seine einzigste Rückzugsmöglichkeit blieb. Ein kleiner Ausschnitt von Catalunya, von Katalonien, gerade einmal fünf auf fünf Kilometer groß. Vom Cap de Creus nach Port Lligat, von Port Lligat nach Cadaqués, von Cadaqués bis zum Cap de Creus. Das magische, surrealistische Dreieck eines Jahrtausends. Dalí war nie ein Stück Treibholz gewesen. Die Ampurdánebene inklusive Berg und fünfundzwanzig cadaquéske Quadratkilometer waren sein nicht zu lösender Anker. An ihm rüttelten auch nicht acht Jahre amerikanisches Exil um den Zweiten Weltkrieg herum. Ihn hebelten auch nicht lange Aufenthalte in Paris, London und Florenz aus. Selbst inländische Bürgerkriege konnten ihn nicht lichten. Mit ihm blieb Dalí lange Zeit Dalí.

Wie oft ruderte er von Port Lligat aus zu den Basaltfelsen des Cap de Creus? Wie oft betrachtete er den Kontrast zwischen silberglänzenden Olivenblättern und rotbrauner Erde, auf der fast teerfarbene Seeigel getrocknet wurden? Wie oft versank er in den graurot bis gelbbraun gefärbten Gesichtern, welche in bestimmten Lichteinfallswinkeln von den scharf geschliffenen Felsenreliefs freigegeben wurden?

Dort waren die geologischen Ruinen seiner künstlerischen Auferstehung.

Dort lag die magisch gesteinigte Felsenwelt einer morbid statischen Schwermütigkeit, an der die wildherbe Fröhlichkeit einer nicht ruhig zu stellenden Meeresströmung nagte.

Dort manifestierten sich allmählich die unumstößlichen Wurzeln eines Manipulationsgenies, eines Besessenen der Extravaganz, eines Maestros des vorbehaltlosen Vertuschens.

Dort wuchs ein hemmungsloser Figurenkünstler heran, der einen lebenslangen Pachtvertrag über jede Farbnuance bekommen zu haben schien.

Die Familie Dalí wohnte zwar in Figueras, es war jedoch eher ihre Sommerresidenz im westlichen Teil von Cadaqués, die den Jugendgelüsten des Künstlers ein Dach über dem Kopf anbot.

Der schüchterne Jugendliche Salvador Dalí mit den großen, dunklen Augen, aus denen zutiefste Selbstverunsicherung das Gegenüber in Bilder ohne Rahmen hineinfixierte. Ein Einzelgänger, der nicht die Rambla in Barcelona erobern wollte, sondern sich lieber stundenlang der Selbstbefriedigung hingab. Ein Autoerotiker, der seine hyperaktive, fast hysterische Überspannung selbst regulierte. Natürlich mit einer Überlatte an Schuldgefühlen, hatte doch sein Vater ein äußerst geschlechtstriebiges Mahnmal offen auf dem Klavier ausgestellt. Jeden Tag starrte der junge Dalí auf das aufgeklappte Medizinbuch über Geschlechtskrankheiten. Natürlich betrachtete er die detailverliebten, gestochen scharfen Bilder und las die erzieherischen Texte zur Ursachenforschung. Um 1900 war Selbstbefriedigung so etwas wie die häufigste Ursache für jede nur erdenkliche Gattung von Geschlechtskrankheiten. Mit nicht wiedergutzumachenden Nebenwirkungen wie Rückenmarksschwund, Verblödung und Krampfadern im Genitalbereich. Keine leichte Kost für einen egozentrischen Autoerotiker, der auf der Suche nach sich selbst mehrmals täglich am Klavier vorbeilaufen mußte.

Als Dalí siebzehn war, starb seine Mutter im Alter von siebenundvierzig Jahren an Krebs. Die in seiner Mutter innewohnende Übermutter sollte erst Jahrzehnte später in ihm sterben. Sein Vater starb an der Parkinsonschen Krankheit. Aber da war Dalí schon achtundvierzig und hatte bereits seine erste Privataudienz beim Papst im Vatikan erhalten gehabt.

Der schüchterne Jugendliche Salvador Dalí offenbarte trotz seiner selbstgebauten, schon ganz gut sitzenden Maske auch jene Wesenszüge, die nicht mehr spielen durften, die das Erwachsensein so weit vorwegnahmen, daß sie in seiner Altersgruppe durchweg unpopulär waren: Seine Arbeitsbesessenheit. Seine Selbstdisziplin. Seine überscharf präsenten Vorstellungen, die auf Leinwand für ein menschlich belichtetes Auge fast schon zu schmerzhaft waren. Seine schnörkellose Zielstrebigkeit im logischen Denken. Seine nicht um Haaresbreite abweichende Konsequenz in dem Zielvorhaben, gleichzeitig authentischer Egomane und perfekter Maskenträger zu werden.

Und schon da war etwas sehr merkwürdig. Etwas, das nicht zu einem Jugendlichen, nicht zu einem Heranwachsenden und auch nicht zu einem jungen Mann passen wollte. Es betraf seine Seele. Diese wirkte akribisch blank geschrubbt, wie mit einem Skalpell unter dem Mikroskop seziert. Man wußte nicht, ob diese Seele schon erkaltet war, ob sie schwarz, ob sie weiß war. Man wußte nicht, ob sie am Ende womöglich schon blanko, leer war. Die messerscharf schneidende Intelligenz des jungen Dalí paarte sich kompromißlos mit einer dem Wahnsinn entlangatmenden Wildheit. Dies erhellte den seelischen Blankosachverhalt nicht gerade. Eine messerscharf schneidende Intelligenz. Helena hatte gerade einmal ein Schweizer Taschenmesser bei sich. Das hatte sie noch von ihrem Mann bekommen gehabt. Und heute riß es eher stumpf, als daß es scharf schnitt.

Dalí betonte später immer wieder, daß seine Kunst in erster Linie autobiographisch sei. Dem mochte man ja auch nicht unbedingt widersprechen, dachte Helena bei sich.

In der magischen Umgebung von Cadaqués wohnten weiße und schwarze Magie gleichermaßen Tür an Tür. Zumindest war das für Dalí so, und deshalb brauchte die künstlerische Magie auch nirgendwo für ihn anzuklopfen. Die gegensätzlichen Türen standen weit offen, alles konnte ungehindert fließen.

Es klang komisch, es klang sogar falsch, wenn man sagte: Dalí *malte*. Richtig schien, daß er Farbe, Schattenwurf, Linie, Geometrie und Spiegelung exakt aus der Grundkomposition seiner Kindheit und Jugend explodieren ließ. Und auf diesem Terrain hatte Blut in jedem Fall süßer als Honig zu sein. Die Bilderflut aus seinen Sturm und Drang - Jahren hatte stets die gleichen vier Eckpfeiler: Sexualität und Verwesung, Fäulnis und Tod. Ob diese vier Eckpfeiler auch wirklich ein stabiles Gebäude ergeben konnten, blieb dahingestellt. Sie offenbarten jedoch eindeutig eine große Sehnsucht nach begrenzter Ewigkeit. Erst viel später, mit seinem Kurswechsel zu religiösen Themen hin, wurde die dalísche Ewigkeit auch wirklich grenzenloser.

Da hatte sich Helena wirklich kein einfaches drittes Kind herausgesucht.

Die blank geputzte Blauweiß-Fassade von Cadaqués hatte die prominente, surrealistische Nachbarschaft meistens gut verkraftet. Auch die magnetische Wirkung auf gleichgesinnte Künstler und auf solche, die es vor Ort unbedingt werden wollten. Auch die Heerscharen von jenen, die es vor Ort dann doch nicht werden konnten und die dann schlichtweg von dem bizarren Pinselkarussell der Konkurrenz übermalt wurden. Leuchtend farbverschmiert und hochglanzfixiert war Cadaqués vor allem bei Nacht. Gleichgültig, ob man von oben hereinkam oder nach unten herausfiel. Gleichgültig, ob es Sommer oder Silvester war. Über Bars und Bodegas, durch Diskotheken und Musikkneipen hindurch landete so gegen zwei Uhr alles nach und nach im L'Hostal. Hier war Dalí mit Amanda Lear ausgegangen, um Herman Brood zu treffen. Hier hatte der Maestro selbst mit Hand angelegt gehabt, vor allem im Nebenraum. Einfache Holztische und Stühle, offener Kamin, Schutzhüttencharakter. Über dem Kamin eine kleine von ihm selbst angeordnete Bibliothek auf zwei Regalreihen. Freud natürlich. Nietzsche, Hegel und Baudelaire. Cervantes und Lorca in Komplettausgaben. Hemingway und Kant. Ein liebevoll aneinandergereihtes Tabu, die Anordnung der Buchrücken wurde auch nach seinem Tod nicht verändert.

Zwischen zwei und vier Uhr nachts drückte sich im L'Hostal jeder nur erdenkliche Leib gegen jede ausmalbare Form von Unterleib. Zwei Stunden musikdröhnender Exzeß bis zur offiziellen Sperrstunde, die zeitlich tolerant wie eine Stretchhose gehandhabt wurde. Gegen fünf Uhr ging es mit dem letzten Getränk bewaffnet vor die Tür, die nie unfreundlich ins Schloß geworfen wurde. In diesen letzten, sich noch versammelnden Getränken palaverte man noch ein Stündchen. Mit weit vor dem Gesicht stehenden Augen. Zwei wässrige, dunstige Bälle auf zwei verschwommenen Stielen, die wehrlos im Seewind mitschwankten. Hände tatschten auf den nachbarschaftlichen Schenkeln herum. Oder überprüften von Zeit zu Zeit die Stellung der auf Stielen schwankenden Augenbälle. Hatte nicht auch Dalí ungefähr in den vierziger Jahren nach einer erfinderischen Möglichkeit gesucht gehabt, sogar die Augenwimpern zu überdachen?

Um diese Nächte in Cadaqués wußte Helena sehr gut, als sie sich draußen vor dem Café am Meer in die warme Nachmittagssonne setzte. Alle Stühle waren jetzt belegt. Im Silvesterrhythmus des Dorfes schlief man mindestens bis nach zwölf Uhr mittags. Zum ersten Frühstück traf man sich hier am Strand. Ein Mann und eine Frau, den Aufschreien nach Engländer, sprangen gellend ins Wasser. Über die Hälfte der Zuschauer klatschte. Die Blauweiß-Fassade vor dem Ufer wirkte jetzt noch mehr wie eine Filmkulisse. Gewisse theatralische Fähigkeiten konnte man diesem englischen Königspaar auch nicht absprechen. Natürlich war das Wasser richtig kalt. Aber mußte man deshalb so schreien? Zumindest die Engländerin hätte ihr knappes Bikinioberteil ja auch anbehalten können. Die wärmten doch so zuverlässig.

Hunde spielten mit dem gleißenden Wasserspiegel, den das besänftigte Meer golden reflektierte. Helena sah sich um. Sie kannte niemanden. Nur die tiefen Nachtspuren, die gemeißelten Rillen in den mit Rauschmitteln versteinerten Gesichtern, die kamen ihr sehr bekannt vor.

Auf den Stühlen vor den Schlangenlinien des Uferverlaufes fiel man um diese Tageszeit mit einer gräulichen Lyonergesichtsfarbe ohnehin am wenigsten auf. Nachtspurengesichter, kopfüber im

Tagesschauschatten. Notdürftig übertünchte Nachtvergeblichkeitswunden wie Streichwürste nach Verfall des Haltbarkeitsdatums. Die ersten Frühstücksreste fingen auf den geschmierten Mundkanten schon zu stinken an. Nicht gerade frischeversiegelt begrüßten sich geschminkte Landjäger und Landjägerinnen mit einem dualen Kußtauschhandel auf blutwurstwulstigen Wangen. Durch und durch geräucherte Rohschinkenblicke suchten nach grell bemalten Lippen, denen sie vielleicht noch vor ein paar Stunden die Farbe aus den Linien herausgeschlagen hatten. Am schlechtesten ging es den Gelbwurstangesichtern, zumeist männlichen Geschlechtes. Da waren auch Rauhfaserkrawatten und Lederoffensivjacken total vergeblich. Am schlimmsten waren die rosagrauen Griebenwurstantlitze. In der Mehrzahl tranken sie Bier zum Spätstück mutierten Frühstück und provozierten dabei eine sich aufbauschende Aggressivität, die im Grunde noch im Bett lag und der Komalinie entlangschnarchte.

Alles zusammen ergab eine Umgebung. Ausgedünstete Schweißperlen trieften auf Tischplatten, denen man die Tischdecken vorsorglich vorenthielt. Die Bucht von Cadaqués war windgeschützt. Hier war im Niedergang alles federleicht, selbstverständlich und in aller Skurrilität ganz natürlich. Helena stopfte sich eine Pfeife und inhalierte sich zurücklehnend den ersten Zug. Auch das war federleicht, selbstverständlich und ganz natürlich.

Nicht auszuschließen, daß Dalí hier häufiger gesessen hatte, um sich die Bilder unter seiner Kopfhaut wie auf einer unsichtbaren Leinwand zurechtzuskizzieren. Was in Cadaqués um diese Tageszeit auch nie fehlte, war mindestens eine Staffelei auf dem steinigen Strand. Betrachtete man die Bilder, kam man oft nicht umhin, sich Preise für den Nacheiferwettbewerb auszudenken. Als Hauptpreis dachte sich Helena: Eine Stunde Malunterricht bei Caspar David Friedrich. Mit der Auflage, sich ja nie am Surrealismus zu versuchen.

1924 definierte André Breton, der durch die Jahrzehnte führende Kopf der Surrealistenbewegung, den Surrealismus folgendermaßen: „Denkdiktat ohne jede Kontrolle durch die Vernunft, jenseits jeder ästhetischen oder ethischen Überlegung."[1]

---

[1] Erstes Manifest des Surrealismus, zitiert nach Lebel/Sanouillet/Waldberg: Surrealismus, S. 135.

Als Helena diese Definition vor ein paar Jahren gelesen hatte, mußte sie laut auflachen. Zuerst spontan, dann immer nervöser und ungläubiger: Da stand die wortwörtliche Definition von Politik in ihrer Gegenwart. Nicht ein neuzeitlicher Philosoph oder Politologe hätte das auch nur im Ansatz präziser und treffender ausdrücken können. Da rangen die ganz hilflos und modern um die Worte, die André Breton schon über sechzig Jahre früher ganz hilfreich und antik gefunden hatte.

Der Surrealismus war eine Möglichkeit der Darstellung von Gegensätzen, die allein durch die Kunstform nicht mehr als widersprüchlich empfunden wurden. Mußte da eine Politik anno 1989 nicht zwingend surrealistisch sein? Die machte doch geradezu künstlerisch aus jedem Gegensatz einfach einen Zusatz oder einen Absatz und auf jeden Fall immer einen Umsatz.

Im Surrealismus war die Kunstform das Verbindungsglied zwischen Realität und dem Irrealen. Der Surrealismus als eine scheinbar anarchistische Anordnung von Konfusion war in Wirklichkeit streng geometrisch. Unter disziplinierter Beachtung von formalen Elementen wurde die Irrationalität, d. h. das Unwägbare, das nicht zu Erklärende, das mögliche Ursprungszentrum von Zwangs- und Wahnvorstellungen, mit akribischer Genauigkeit gepaart. Der Surrealismus versuchte diesen Spagat mit einer eindringlich realistischen Darstellung zu bewerkstelligen. Dalí näherte sich sogar einer fast photographischen Tiefenschärfenpräzision an. Der scheinbare Widerspruch zwischen präziser Darstellung und schemenhaftem Inhalt sollte auch den Durchschnittsbürger auf das Normale der Unnormalität hinstoßen: Hier existiert etwas, das gleichzeitig auch nicht existieren kann. Hier ist etwas möglich, das gleichzeitig auch unmöglich ist. „Seien wir realistisch, versuchen wir das Unmögliche", hatte Ernesto Che Guevara von den unterdrückten Völkern in unserer durchnummerierten Welt gefordert. Insofern war er nicht nur Ehemann, Vater, Arzt, Revolutionär, Comandante, Militärgouverneur, Chef der kubanischen Nationalbank, Industrieminister, Botschafter auf Reisen und Märtyrer gewesen, sondern eben auch Surrealist. Bemerkenswerterweise schuf der Surrealismus auch die Möglichkeit, zwischen einem deutschen Politiker von 1989, wie z. B. Helmut Kohl, und dem Comandante Che Guevara Gemeinsamkeiten zu schaffen. Hätten die sich nur einmal getroffen. Auch Guevara und Dalí hatten sich nie getroffen. Wie sie zueinander standen, ob sie überhaupt voneinander gehört hatten, blieb ungeklärt. Zog man jedoch die imaginäre Schnittmenge aus sozialistischer Revolution und surrealistischer Kunst, fiel auf, daß beide vorrangig mit Paradoxa schockieren wollten. Beide wollten die Bewußtseinsoberfläche durchdrungen gewußt haben, um das Unterbewußtsein freizulegen. Beide wollten sie das Innere nach außen kehren, um einer unverborgenen Realität begegnen zu können, die natürlicherweise auch wieder irreal sein durfte. Zumindest im Falle von Dalí konnte man hier von einer optischen Kolonialisierung des nur scheinbar Absurden sprechen. In der Ausgestaltung seiner Bilder erhielt die Kunstform dadurch zumindest die Erlaubnis, nicht zwangsläufig schön sein zu müssen. Sie durfte und mußte sogar unästhetisch, amoralisch, abstoßend, unappetitlich und häßlich sein. Mit dieser Überzeugung hatte Dalí die ganzheitliche Traumschrift sozusagen visuell erfunden. So wie sie Freud und Jung mittels des geschriebenen Wortes zu Papier gebracht hatten. Ob nun Bild oder Wort – es war um eine revolutionär neue Ausdrucksweise gegangen, die sich über das gewohnt Ästhetische hinweg plötzlich dem ungewohnt Unästhetischen widmete.

Helena fand, daß die Betrachtung von Dalís Bildern immer wie eine unvorbereitete Einladung auf ein mentales Blutgerinnsel war. Auch wenn man glaubte, seine Bilder wie auswendig zu kennen.

Dalí war überzeugt davon, daß nur das Äußere, nie das Innere objektiv sein konnte. Die Galerie seiner bildlich dargestellten Wachträume war wie eine von der Innenwelt desinfizierte Außenschau. Für Helena überschritt Dalí die Grenze zur Genialität dadurch, daß er fast durchweg eine häßliche, morbide Symbolik verwendete, um poetisch schöne Bilder zu malen.

Helena sah sich noch einmal in den Stuhlreihen um. Geschminkte Wurstbrote. Eine von der Innenwelt desinfizierte Außenschau. Ja, genau.

Hinter ihren Schulterblättern war die Sonne jetzt schon fast unter die westlichen Bergrücken gekrochen. Metallisch schnappend entrastete sich ein Hund aus einer deutschen Sicherheitsleine. Es war dann aber doch eher der Hundehalter, der sich hektisch monogam davonschnüffelte. Hinter der Linie des Strandcafés klopften Maurer die ersten Lichtreste vom Himmel ab. Kreischend durchtrennte eine Kreissäge rotvergoldete Trümmer. Staub, Schmutz, Schutt und verfärbte Absplitterungen. Eine Kulisse der

Schönheit und des Friedens. Befremdend und doch nicht fremd. Helena fröstelte. Am Horizont verkanteten sich verwirbelte Wasserlinien, die nur noch durch einen mit hellem Schaum gekrönten Aufsatz ihre vorläufige Sichtbarkeit behielten. Die meisten geschminkten Wurstbrote gingen jetzt wie verabredet. Ein Auszug aus Ägypten, bestehend aus tiefroten Streiflichtern auf glühenden Gesichtskompressen, welche die blauen Schweißschichten auf der darunterliegenden Haut geschickt übertünchten. Eiskalte Finger reichten sich die Hände. Durchgefrorene Füße winkten sich mit den Zehen zu. In den Augenwinkeln schimmerte noch aufgewärmt die Sonnenuntergangsarchitektur durch.

Realistischerweise bekam Helena Hunger. Surrealistischerweise saß sie im Galleón immer noch draußen und aß zwei Brötchen mit Chorizo. Dazu trank sie einen Pastis mit wenig Wasser, der die Stille in ihrem Kopf jedoch ziemlich verwässerte. Dem gab sich Helena erst gar nicht hin, das kannte sie schon. Fast überstürzt rief sie den Kellner zu sich und bezahlte ein Trinkgeld, dessen Höhe nicht nur ihn überraschte. Mit einem Hauch von Schwerelosigkeit ging sie ins Glashaus. Das Glashaus hieß nicht „Glashaus", sondern „Café Central", aber fast jeder, der zum ersten Mal diesen Rauschort im Ortsrausch betreten hatte, behauptete am nächsten Mittag steif und fest, daß er zunächst einmal im Glashaus abgesumpft war. Das Café Central war nur durch eine Straße und durch eine parallel zu ihr laufende, hohe Glasfront vom Meer getrennt. Das Schaufenster des Sehens und Gesehenwerdens. Schon jetzt, so kurz nach Sonnenuntergang, war es brechend voll. In dem bestimmt sechs Meter hohen, weit auslaufenden Raum brach sich unter der nikotinverfärbten Decke ein Stimmengewirr, welches Helena an einen katholischen Gottesdienst unter der schneeweißen Kuppel von Sacré-Cœur erinnerte. Jede Stimme hallte wie hundert Stimmen, hundert Stimmen ergaben einen auf- und abmurmelnden Dauerhall. Nur noch der Tisch vor dem in der Ecke stehenden Weihnachtsbaum war frei. Nicht weit von den blauen Weihnachtskugeln entfernt stand ein Fernseher. Helena war auch ein wenig fassungslos, aber da lief doch tatsächlich der Jahresrückblick von 1989. Mit abgestelltem Ton flimmerten im Moment die sportlichen Höhepunkte spanischer Einzel- und Mannschaftskämpfer hoffnungslos gegen die meterdick eingerauchte Luft. Der Kellner, ein tadellos gekleideter Westernverschnitt mit einer annähernden Johnny Cash-Stimme, wiederholte Helenas Bestellung mit messerscharf katalanischem Akzent.

Das Publikum war auch nicht weniger heldenhaft, überwiegend ganz bestimmt aus einer anderen Epoche. Experimentalkarikaturen, deren Bühnenlizenz längst schon abgelaufen war. Buschmütter im fließenden Übergang zu Großmüttern der Steppe, mit von Machetenhieben gezeichneten Stirnwurzeln. Silbergraue Schläfenträger, mit abgebrochenen Speerspitzen im gefiederten Geäst, mit von Augenringen belagerten Kontaktlinsen. Relikthafte Strickbatikmadonnen, mit halbgefroren schillernden Eispailletten unter den verkniffenen Sichtfenstern, mit hyperventilierenden Karotisschwellungen über dem Gesamtverlust der Körperspannung. Zusammengeschrumpfte Eisenjäger, mit braunen Nikotinfingern und hervorschnellenden Revolverläufen zwischen den moonwashed Beinen. Das war die Generation vor Helenas Generation, die schwach vertreten war. Ein Jahrgang, den man mit einem mattglänzenden Bilderbuch von gerade noch nicht abgehalfterten Rebellen im Winterschlaf vergleichen könnte.

Ganz anders die Up to date-Generation. Schriller, greller und windschnittiger. Lauter, blasser und kantiger. Maskenhafter, künstlicher und leblos wirkender. Sich ins Koma fallen lassen wollende Straßenritter, die sich aus den nördlichen Nebeltinkturen und Sprühregenparadiesen zwischen Obi und Aldi davongestohlen hatten. Spurensucher, die fieberhaft wühlend Grenzen eingerissen hatten, obwohl sie die Flickschusterei nicht beherrschten. Mitteleuropäische Streufeuer, die an der Sonne herumgeschoben hatten, um besser im Licht zu stehen.

Hier waren sie jetzt angekommen, die Abenteurer, die am Abend teuer waren. Die Bodygebuildeten, die mit einem Vierkantschlüssel durch ein quadratisches Leben liefen. Die gesetzkonflickten Stehaufmännchen, die Injektionsnadeln und Drogenreiseführer benutzten. Die neue Generation, auch Helenas eigene Kinder. Konnte Helena darauf vertrauen, daß sie in der Lage waren, im zeitgenössischen Sumpfgelände festen Boden unter den Füßen zu finden? Manchmal hatte Helena Angst um sie. Im Gegensatz zu ihrem dritten Kind Dalí. Er hatte seine Orgien so ordentlich zu Ende gebracht, daß er auch im Himmel nicht im Treibsand versinken würde.

Helena sah aus dem Fenster. Im Flußbett parkten Autos im gurgelnden Wasser. Das Echo der letzten Regentage zerschellte am Türrahmen einer Tür, die vor lauter Kommen und Gehen dauerhaft offen blieb. Im hinteren Teil des Glashauses, abseits des Schaufensters des Sehens und Gesehenwerdens, saßen die Alten, die Einheimischen. Abseits der Glasfront zwischen Zoo und Publikum mit ständig wechselnden Fronten, abseits eines suizidalen Heimkinos, dessen Duty-free-Spiegel auch Helena mit einem zollfreien Gefühl betreten hatte, spielten sie Karten, tranken sie lautloser, rauchten sie schweigender, sabberten sie reinlicher, schwiegen sie gründlicher.

Als Zwanzigjähriger hatte Dalí so gründlich geschwiegen gehabt wie die Alten, die Einheimischen, die jetzt abseits des Schaufensters im Glashaus saßen. 1924 war Rudolph Valentino sein männliches Schönheitsideal gewesen. Dalí selbst war gutaussehend, jünger als sein Alter wirkend. Doch da war etwas in seinen Augen, was befremdete. Ein trocken weinender Blick über lächelnden Lippen, die voll und wohlgeformt waren. In den großen Pupillen ein statischer Stillstand, der eine angedeutete Bewegung gleich wieder fixierte. Darunter zappelnde Tränensäcke, die wie mit Eis grundiert waren. Eine Erstarrung, die auch durch Gesichtsregungen nicht mehr aufgehoben werden konnte. Die beginnende Fortführung einer Maske, die sein Gesicht bis zu seinem Tod nicht mehr verlassen haben würde.

Dalí, der viel zu große Junge in der viel zu kleinen Erwachsenenwelt. Eine surrealistische Geburt zu einem Zeitpunkt, an dem Surrealismus grundsätzlich bei jedem von uns anfangen könnte. Doch lebte man als Zwanzigjähriger wirklich schon in panischer Angst davor, daß das Kollektiv nur darauf aus war, die eigene Persönlichkeit zu vernichten? Hatte man in diesem Alter tatsächlich schon eine Lebensrichtschnur, die nur aus Distanz und Rückzug geflochten war? Jenseits aller Jugendgerüste malte Dalí zwölf bis sechzehn Stunden am Tag, eine Zeit, die so manch andere in seinem Alter täglich verschliefen. Eine Art „Anti-Faust" schien ihn drängelnd durch das Leben pressen zu wollen, und das Motto lautete: Beeile Dich damit, ganz schnell alt zu werden, arbeite so ausufernd wie jemand, der weiß, daß er gleich zu sterben hat. Nicht verwunderlich, daß er dann auch noch zu schreiben anfing. Im Vierundzwanzigstunden-Tag waren ja noch ein paar Stunden frei.

Bereits als Siebzehnjähriger hatte Dalí sein Studium an der Kunstakademie von San Fernando in Madrid aufgenommen. Er wohnte in der Residencia de Estudiantes, wo er Luis Buñuel und Federico García Lorca kennenlernte. Sehr verschiedenartige Genies wurden da Freunde und wechselseitige Inspirationszulieferer. Das gemeinsame Drehbuch von Dalí und Buñuel für den später berühmten, anfangs sehr umstrittenen Film „Un Chien Andalou"[2] war in ganzen sechs Tagen fertiggestellt. Nach der Premiere im Jahr 1929 lief der Film acht Monate in einem Pariser Programmkino, obwohl es während der Spielzeit zu nachweislich zwei Fehlgeburten bei den Vorführungen gekommen war. Buñuel wurde ungefähr fünfzig Mal angezeigt, er wurde beschimpft, er bekam Morddrohungen. Schließlich wurde „Un Chien Andalou" verboten. Dalí und Buñuel hatten sich in dem Gemeinschaftswerk knallhart schockierend und geradezu provozierend surrealistisch ausgetobt. Die dicke Freundschaft war jedoch mit dem Erscheinen von Dalís Biographie im Jahr 1942 endgültig vorbei. In „Das geheime Leben von Salvador Dalí" stellte der Künstler selbst Buñuel als Atheisten dar. In der Zeit des Zweiten Weltkrieges war dies ein noch schlimmerer Vorwurf als die Behauptung, jemand sei Kommunist. Die Schmähung führte dazu, daß Buñuel seine Anstellung als „Chief Editor" beim New Yorker Museum of Modern Art verlor. Als er deswegen Monate später Dalí mit einer Ohrfeige in einer Bar zur Rede stellen wollte, entwaffnete Dalí seine flache Hand mit den Worten, daß er das Buch geschrieben habe, um *sich* ein Denkmal zu errichten. So entwaffnend egomanische Freunde hatte nun wirklich nicht jeder. Die Anfänge dieser stahlharten Ich-Bezogenheit hatten sich schon deutlich in der Kunstakademie in Madrid abgezeichnet, als Dalí bei der mündlichen Prüfung seinen Prüfern freimütig eröffnet hatte, daß er niemandem das Recht zugestehen würde, ihn zu beurteilen. Und schon war er wieder weggewesen. Und schon saß die Prüfungskommission einem leeren Platz gegenüber.

1925 hatte Dalí seine erste Einzelausstellung in der Galería Dalmau in Barcelona. Schon ein Jahr später wurde er aus der Kunstakademie in Madrid wegen erneut aufrührerischer Anstiftung endgültig ausgeschlossen. Zwei Jahre davor saß er aus demselben Grund im Gefängnis in Gerona. Dalí, ganz weltlich vier Wochen hinter Gittern. Das fand Helena so unvorstellbar wie die Tatsache, daß Dalí ebenfalls ganz weltlich neun Monate Wehr-

---

[2] Dt.: Ein Andalusischer Hund

dienst abgeleistet hatte. Da stellte man sich so einen Künstler mit einem ununterbrochen kreisenden und linienschaffenden Pinsel vor. Stattdessen hatte er ein Gewehr in der Hand und gab sich viele Stunden am Tag realistische Mühe, mit dem Betätigen des Abzugshebels möglichst nahe in die Herzgegend des unbekannten Feindes hineinzutreffen. Auch als Soldat war Dalís gesamter Bekanntenkreis, was Honorationen, Künstler und Berühmtheiten betraf, fast durchweg bisexuell, oft homosexuell. André Breton. Federico García Lorca. René Crevel. Edward James, zu dem er wohl auch selbst eine sexuelle Beziehung hatte. Das hieß nicht, daß Frauen ihm gleichgültig waren. Ganz im Gegenteil. Er suchte verzweifelt. Vielleicht war die Pariser Bordellandschaft nicht die richtige Umgebung für die Frau, die er suchte. Vielleicht war er zu verschlossen, zu verkrampft, zu ungeschickt. Vielleicht mußte er genau dort arrogant verletzend sein, wo er gern natürlich liebend gewesen wäre. Vielleicht wirkte er auf Frauen zu skurril, wenn er leichtfüßig wie ein Zwanzigjähriger seinen Sätzen hinterher hüpfte, die man ganz klar dem Mund eines Fünfzigjährigen zugeordnet hatte.

Aber dann. Endlich. Dalí war fünfundzwanzig, als er seinem „Engel des Gleichgewichtes" begegnete. So bezeichnete Dalí Helena Deluvina Diakonoff, genannt Gala, die er fünf Jahre später heiratete und mit der er bis zu ihrem Tod zusammenlebte. Gala war Russin, ungefähr zehn Jahre älter als Dalí, und 1929 hatte sie ihm dermaßen den Kopf verdreht, daß er zur Eröffnung seiner ersten Einzelausstellung in Paris lieber mit ihr unterwegs war, als notwendigerweise persönlich vor Ort zu sein. Zeitgleich wurde Dalí von seinem Vater, zu dem er bis dahin immer ein lebhaft genährtes Wechselbad der Gefühle unterhalten hatte, endgültig verstoßen. Anlaß war ein Bild des jungen Künstlers, welches er mit dem Titel „Manchmal spucke ich auf das Porträt meiner Mutter" versehen hatte. Vater und Sohn versöhnten und vervaterten sich erst kurz vor Ausbruch des Zweiten Weltkrieges wieder. In der sieben Jahre dauernden, vaterlosen Zwischenzeit hatte sich Dalí eine illustre Schar an Ersatzvaterfiguren wie z. B. Freud, Picasso oder Franco geschaffen. Auch da war er ganz Künstler, der sich seiner aus Mangel und Entbehrung bestehenden Inspirationsquelle eisern treu blieb.

Trotz Mangel und Entbehrung war Helena nie Künstlerin geworden. Ganz weltlich war auch sie im Gefängnis gewesen. Sogar wesentlich häufiger als Dalí. Als Punkerin gehörte das zumindest betriebsintern zum guten Ton. Was hätte sie sonst auch tun sollen, nach diesen ganzen, später sogar gerichtlich mißbrauchten Mißbräuchen? Was hätte sie sonst auch tun können, außer sich komplett von sich selbst abzuspalten? Ihr Vater hatte sie ausgelöscht gehabt, und daß sie dann nicht mehr existierte – da widersprach nicht einmal ihre eigene Mutter. Ausschweifung. Rebellion. Schwarze Farben. Abspaltung. Es blieb ihr keine andere Wahl. Es blieb ihr überhaupt keine Wahl. Andere Schutzvorrichtungen gab es nicht mehr. Ähnlich wie bei Dalí waren Helenas Bunkermasken auch nicht von schlechten Eltern. Ihre neue Familie bestand jetzt aus grell gefärbten Haaren, Springerstiefeln, Nieten und aus einer stattlichen Anzahl von Mercedessternen, die in nächtlichen Sammelaktionen dingfest gemacht wurden und sich als klappernder Halsschmuck gar nicht schlecht machten, bzw. den Kapialismus sogar hautnah anprangerten. Und hätte sie damals die Möglichkeit gehabt, einen Wehrdienst abzuleisten, sie würde mit Vergnügen gelernt haben, wie man mit gehirngewaschener Sicherheit in aller Ruhe erst den Atem kontrollierte, bevor man trainingsfleißig den Abzugshahn spannte und das Ziel fast meditativ fixierte. Wieder und immer wieder. Je mehr Drill und Gedankenausschalterei, desto besser. So aber hatte sie den Umgang mit einer Schußwaffe von ihrer Familie, den Punks, gelernt. Das Schießtraining war natürlich legerer als bei der Bundeswehr. Voll mit Bier zielte man schwankend auf leere Bierdosen, die leider nie mitschwankten. Aber man spürte ihren Ehrgeiz. Sie hatte die besten Trefferquoten. Jeder Innenradius fehlte ihr, aber im Punkeralltag spürte sie zum ersten Mal wieder so etwas wie eine Brücke zum Leben. Man rückte zusammen, man wärmte sich, man schlief zusammen. Helena schlief auch mit Frauen, damit nicht immer nur stinkende Seziermesser in sie eindrangen. Was spielten da Kakerlaken und Wanzen, Pöbeleien und Pflastersteine, Gefängnisaufenthalte und vor allem Zukunftsvisionen noch für eine Rolle? Die Inventur von Helenas Träumen schien auf einen Zeitpunkt nach ihrem Tod gelegt worden zu sein.

 Das änderte sich erst, als sie auf ihren nicht gerade seltenen Ausbrüchen nach Italien Gianni kennenlernte. Gianni war die Versuchung nach der Vorhersehung. Jeden Morgen kam tatsächlich der Morgen, jede Nacht war die Nacht bereits schon da. Da war es, das Glück. Im drehenden Wirbel der Glücksspirale alles ganz normal. Gianni war Arbeiter bei Fiat in Turin. Nebenher malte er. Die ersten Ausstellungen im Dreieck um die Poebene brachten Erfolg. Gianni schaffte nur noch halbtags bei Fiat. Die andere Hälfte des Tages, was bei Gianni zumeist die ganze Nacht war, malte er jenseits von Schrauben, Muttern und Nieten eine Bilderwelt auf Leinwände, die Helena als Urknall der Farbschöpfung wahrnahm. Aus dieser Welt heraus hatte sich ihr erstes Kind auf den Weg gemacht. Helena brachte es in einem vorkriegsähnlichen Krankenhaus an der Peripherie von Turin ans Tageslicht. Als ihre Mutter gleich darauf schwer an Krebs erkrankte, zog die deutschitalienische Kleinfamilie in einen Vorort von Stuttgart. Eine krampfhaft kämpfende Sterbebegleitung mit der Versöhnung noch vor dem Sterbebett. Zum ersten Mal erzählte Helenas Mutter von damals. Daß sie es nicht gewußt, aber so sicher wie ein Wissen geahnt hatte. Mutterinstinkt. Daß sie trotzdem geschwiegen hatte. Daß sie es nicht hatte aussprechen wollen, weil es dann unumstößlich dagewesen wäre. Daß sie Angst gehabt hatte, daß der Vater dann beiden etwas antun würde. Daß sie das gleiche getan hatte wie Helena, nämlich sich komplett von sich selbst abzuspalten. Daß der Krebs jetzt die Quittung dafür sein würde. Daß sie nicht um Vergebung bitten könne, schon gar nicht Helena, aber auch nicht Gott. Die Unverzeihlichkeit dieses Schweigens sei nur etwas für den Teufel. Daß sie sich zum Abschied wünschte, Helena offen ins Gesicht sehen zu dürfen. Und zu können. Still und ohne Fremde weinten sie in ihre Arme hinein.

Kurz nach dem Tod ihrer Mutter wurde Helena wieder schwanger. Gianni arbeitete jetzt Vollzeit bei Daimler. Er mußte wieder nebenher malen. Verzweifelt besessen und immer konturloser entstanden in seinen Augen nur noch Abfallprodukte. Auch Gianni verlor an Kontur. Die einst gellend bunten Farben verwuschen sich im zunehmenden Alkoholkonsum zu einer zähen Grauweißlandschaft mit schwarzen Rändern. Das zweite Kind kam in einer Stuttgarter Klinik zur Welt. Gianni litt nicht nur unter der schwäbischen Kehrwoche. Er verstand inzwischen viel Sprache, sogar Dialekt, aber er verstand diese Mentalität nicht und schüttete sich Nacht für Nacht in den italienischen Kneipen der Innenstadt zu. Manchmal rutschte ihm die Hand aus, und sie landete auf Helenas Wange oder auf den Köpfen der Kinder. Trank er nicht, dann litt er unter Wahnvorstellungen. Seine Bilder stellten inzwischen einen impressionistischen Expressionisten im Dauereinheitsgrau dar. Eine von der Innenwelt überhaupt nicht desinfizierte Außenschau. Eines Nachts schluckte Gianni die komplette Hausapotheke leer. Als er wieder in der Psychiatrie erwachte, sollte er plötzlich schizophren sein. Meinte der Rat der Fachärzte mehrheitlich. Elektroschockbehandlung. Dann Malen nach Seelenschmerzzahlen. Arbeitstherapie, Verhaltenstherapie, Gestalttherapie. Die warteten jetzt immer auf ihn, wenn er wieder einmal eine Gummizelle verlassen konnte, ja inzwischen sogar verlassen mußte. Auch die Gummizellen stellten keinen sicheren Zufluchtsort mehr dar. Dann wieder freigelassen. Geheilt. Vor den ganzen ambulanten Therapien jeden Morgen um sechs in den Bahnhofskneipen der Vorstädte. Nach durchzechter Nacht sich Mut antrinken, für eine Welt, die Gianni nicht mehr wollte. Manchmal spuckte er auf den Asphalt, nur, um nicht ganz allein zu sein. Die heranwachsenden Kinder lernten einen Vater kennen, der entweder nicht da war, weil er zwischen Bierflaschen und Sprechstunden hin- und herpendelte, oder nicht da war, weil er sich beim Nachhausekommen sofort in sein Zimmer einschloß und wie manisch malte. Bilder, die nur noch aus stummen Schreien von zu Tode gefärbten Menschen bestanden. Das ging nicht gut, Helena ging es auch nicht gut. Sie liebte Gianni, sie litt unter der chemisch verseuchten Demontage, die Familie lebte nicht mehr. Auf dem Überlebensprogramm standen neu entwickelte Elektroschockbehandlungen aus Amerika, die man noch gar nicht so richtig zu Ende erforscht hatte. Davon mußte sich Gianni erst einmal wieder trinkend erholen. Ein noch junger Mann alterte in der Zwangsjacke des psychiatrischen Zeitraffers. Seine Hände zitterten nur noch, seine gelbgraue Haut bekam die ersten Risse. Als er nicht mehr malen konnte, weinte er wie ein kleines Kind in Helenas Armen. Noch in derselben Nacht hängte er sich auf der Bühne des Mehrfamilienhauses unter den dicksten Dachbalken.

Gianni und Helena. Zwei Tränenlinien, die sich nicht mehr festhalten konnten, schwammen in entgegengesetzter Richtung davon. Die eine Träne war tot, die andere Träne hatte jetzt zwei Leben.

Die Kinder waren zwei und drei, Helena transzendierte zu einem einzigen Schattenknochen. Natürlich war das Leben weiterhin großzügig zu ihr, sie hatte ja die Wahl. Entweder Gianni sofort hinterhersterben oder mit den zwei Leben, ihren Kindern, zusammen versuchen, einem starren Einheitsgrau langsam die Farben einzuhauchen, bis sie wieder in die Augen knallen würden. Für Gianni.

In der Halle des Glashauses zerschnitt ein Papierflieger die dicken Rauchwände. Der Geräuschpegel erhob sich. Auch viele Gäste erhoben sich von den Stühlen, um lachend dem Papierflieger hinterherzulaufen, ihn aufzuheben, um ihn weiterfliegen zu lassen. Im Fernseher wurde die Berliner Mauer noch einmal niedergerissen. Für ein paar Minuten tanzte das Glashaus wie auf einem einzigen Tisch, und Helena fand es fragwürdig, daß Killernieten nie legalisiert worden waren. Das hatte nichts mit der Berliner Mauer zu tun. Es betraf ihre übermenschliche Sehnsucht nach Gianni, die einfach in Ruhe gelassen sein wollte. Hinter einem pfeifenförmigen Mundversteck lächelte ein bewältigter Herzinfarkt zu ihr herüber. Als Helena ihr Bein unter dem Tisch bewegte, hatte sie das Gefühl, daß draußen der Meeranschlag knarrte. Eine nicht alte, aber sehr verbraucht aussehende Frau saß an dem Tisch in der Mitte des Raumes. Mit blauen Seidenhandschuhen zog sie stur geradeaus an der filterlosen Zigarette. Ihr saugender Mund schien dabei deutlich mehr Lebendigkeit schlucken zu wollen, als die rasch verpufften Rauchschwaden von sich geben konnten. In einer Art ungeschlechtlicher Würde rauchte sie wie geadelt ihren zweiten Cognac zu Ende, während um sie herum hysterisch trampelnd der Papierflieger weiterverfolgt wurde.

Plötzlich schrie jemand auf, schrie einen Namen. Alle erstarrten wie auf Knopfdruck, ähnlich wie durchlaufende Symbole in einem Glücksspielautomaten plötzlich einrasteten. Wie ein monumentales Standbild stierten sämtliche Köpfe im Raum gleichzeitig auf den Fernseher. Dort starb im Moment Salvador Dalí noch einmal. In schwarzweiß. Bilder von seinem Sterbebett. Digitalisierter Surrealismus. Eine flimmernde Nahaufnahme. Ein ausdrucksloser Gesichtsausschnitt, bevor die Kameraführung zurückzuckte und Dalí seine rechte Hand wie zum Gruß erhob. Lebte er da noch, oder hatte jemand seine tote Hand in die Kamera gehoben, um sein sterbendes Leben zu simulieren?

Im Glashaus hätte man eine zu Boden fallende Stecknadel deutlich klirren hören können. Bilder vom Sterbebett. War das Würde oder war das Entwürdigung? War das Mut oder war das

Größenwahnsinn? War das kalkulierte Effekthascherei oder war das sozialistische Großmütigkeit, möglichst viele am womöglich letzten eigenlebendigen Ereignis teilhaben zu lassen?

Als Siebzigjähriger malte Dalí immer noch zwölf bis vierzehn Stunden am Tag. Bis dahin hatte er schon über zwanzig Jahre lang Antidepressiva genommen. In seinen letzten zehn Lebensjahren war Dalí keinen einzigen Tag mehr gesund gewesen. Arterienverkalkung, Blutvergiftung, eine Art Dauergrippe, Lähmungserscheinungen, Brandwunden und das unerbittliche Fortschreiten der Parkinsonschen Krankheit verwucherten seinen Lebenswillen. Am 10. Juni 1982 starb Gala in Port Lligat. In Dalís lebenslanger Dolchstoßlegende war das der eigentliche, der endgültige Todesstoß. Die Medikamente, die er täglich haufenweise zu sich nahm, waren da nur noch Verzögerungsinstrumente des Todeszeitpunktes. Um zweifelhafte Behördengenehmigungen zu umgehen, wurde Galas Leiche noch in derselben Nacht auf der Rücksitzbank eines Cadillacs nach Schloß Púbol gebracht. Viele Jahre vor ihrem Tod hatte Dalí Gala das Schloß nicht nur geschenkt gehabt, sondern er hatte es auch künstlerisch gestaltet und eingerichtet. Es wurde Galas Rückzugsrefugium für junge Liebhaber und Alterungskrisen. Jetzt saß Dalí auf dem Beifahrersitz. Und Gala lag in eine Decke gehüllt tot auf der Rücksitzbank. Komisch, daß sich Dalí-Experten immer noch darüber stritten, ob er bei der heimlichen Bestattung in Púbol geweint hatte. Ob er überhaupt direkt neben dem sich Schaufel um Schaufel öffnenden Erdloch gestanden hatte. Auch Helena konnte das jetzt nicht klären. Mit Gianni hatte sie es geklärt gehabt. Hätte er sie überlebt gehabt, dann wäre er beauftragt gewesen, ihre Asche ins Meer zu streuen. Ob er das nun aus zwei Kilometern Entfernung erledigt gehabt hätte, was spielte das für eine Rolle? Hauptsache er hätte sich etwas einfallen lassen, damit Helenas Asche auch wirklich dort angekommen wäre, wo sie hin sollte. Ob Gianni nun dafür ein zwei Kilometer langes Blasrohr eingesetzt hätte, ob er einen Orkan beauftragt oder ihre Asche einfach nur vorwärtsgeweint hätte, es wäre einzig und allein seine Sache gewesen. Nicht die eines blasenden oder aufgeblasenen Expertentums, welches sogar in der Lage war, die mögliche Unmöglichkeit einer geweinten Träne ins Streitrampenlicht zu rücken.

Nach Galas Tod hatte Dalí Schloß Púbol nie wieder betreten. Auch Port Lligat verließ er und wohnte stattdessen in einem Nebentrakt seines Museums in Figueras, welches 1971 eröffnet worden war. Ohne Gala spazierte Dalí um Eckpfeiler herum, die in der Inneneinfriedung kein Fundament mehr hatten. Kurz vor seinem Ableben wurde er noch einmal von König Juan Carlos besucht. Das war in einer Klinik in Barcelona, in die er mit Herzversagen eingeliefert worden war. Interessanterweise verlangte er dort, als er zu sich kam, zuallererst nach einem Fernseher, um die Nachrichten über seinen bevorstehenden Tod besser mitverfolgen zu können. Von dort aus erhob er seine rechte Hand wie zum Gruß und winkte kaum wahrnehmbar in die Kamera.

Helena schluckte. Speichel und einen doppelten Cognac, den sie sofort nach dem ersten Sterbebild vom Bett bestellt hatte. Sie schluckte das trocken und in schwarzweiß. Sie war wie allein im überfüllten Raum. Wie ein Gespenst spazierte die Bedienung auf lautlosen Stiefelsohlen durch die erstarrten Reihen.

Dalí hatte keine eigenen Kinder. Gala hatte eine Tochter aus ihrer ersten Ehe mit Edward James. Dalís Schwester lebte noch. Dennoch vermachte er seinen gesamten künstlerischen Nachlaß, insgesamt circa zweihundertfünfzig Gemälde und zweitausend Zeichnungen, dem spanischen Staat. Nach seinem Tod wurde sein Körper einbalsamiert und eine Woche lang in seinem Museum in Figueras aufgebahrt. Unter einem namenlosen Grabstein wurde er dort auch begraben.

Das letzte Ausstellungsstück einer surrealistischen Rebellion. Dalís „Zehn Rezepte zur Unsterblichkeit" waren nun alle abgekocht, zu Ende geschmort, zur Ewigkeit gegart. Ein sterbensschwerer und todesbitterer Geschmack hatte sich auf dem auch für ihn nur einen Millimeter langen Strich auf der Skala der Zeitgeschichte breitgemacht. Ein Millimeter auf der Zeitskala der Menschheitsgeschichte, das Leben des Salvador Dalí, ein unaufhörlicher Kampf, nicht fortwährend gegen seine eigene Aura gestoßen sein zu müssen. Dieser Hochleistungsspagat kostete gebärfreudigen Lebenssaft, kostete sterbensmörderische Todeskraft. Mit ihm waren manch andere schon mit dreißig Jahren dem Leben entwichen. Dalí wurde fast fünfundachtzig Jahre alt. Schon allein das war außergewöhnlich. Da mußte man nicht einmal ein einziges Bild von ihm betrachtet haben.

Helena fröstelte. Diese ganze Sterbegewißheit in flimmerndem Schwarzweiß. Auch als das letzte Standbild des dahinsiechenden Dalí vom Bildschirm verschwunden war, blieb es totenstill in der Halle des Glashauses. Die ersten zaghaften Geräusche mußten sich regelrecht einschleichen. Achtlos blieb der Papierflieger im Eck liegen. Schon das wiedereinsetzende, noch gedrosselte Stimmengewirr war Helena zu dröhnend, zu laut. Wie war sie dazu gekommen, mit so vielen Menschen wie an einem Tisch zu sitzen? Gleich würde jeder wieder in normaler Lautstärke reden. Dann könnte Helena für den Verbleib ihrer Schädeldecke nicht mehr garantieren. Sie zahlte, und erst vor der Tür bemerkte sie, daß sie keuchend atmete. In dieses hechelnde Rasseln hinein fiel ihr ein Satz von Albert Camus ein: „Zu sterben erschreckt mich nicht, wohl aber im Tod zu leben."[3]

Helenas Ewigkeit blühte ja auch nicht immer gerade dann, wenn das Leben pflanzte. Das wäre ja auch, um zu Camus zurückzukehren, im Tod gelebt.

Die Salzluft vom Ufer war warmwasserlos. Helenas Schädeldecke kam langsam wieder zu ihr herunter. Dalí blieb tot.

Was Helena irritierte, war, daß ausgerechnet er keine Inschrift auf seinem Grabstein gewollt hatte. Er, der quasi schon kurz nach der Wiege davon überzeugt gewesen war, ein Genie werden zu können, wenn er die Rolle nur lange genug spielte. Dalí, den Dalí für den Nabel der Welt gehalten hatte. Er, der provozierende Egomane, der egozentrische Provokateur. Einen namenlosen Grabstein fand Helena weder egozentrisch noch provokativ. Und doch paßte auch das zu Dalí. Irritierend noch über den Tod hinaus. Vielleicht hatte er das Tagebuch von Camus gelesen gehabt. Vielleicht wollte er ungenannt bleiben, wenn er im Tod nicht mehr leben mußte, sondern endlich leben konnte. Vielleicht hatte er sich folgendes gedacht gehabt: Endlich namenlos. Endlich anonym. Endlich ein Neuanfang.

Helena ging ins Belle Epoque. Eine von zwei Seiten aufsteigende Treppe vereinigte sich auf der nächsten Etage zu einem Treppenaufgang. Genau dort, in dem aufeinander zulaufenden Übergang, hing ein monumentales Gemälde. Eine Frau mit nackter Brust hielt in beiden zu ihrem Gesicht erhobenen Armen eine Schlange

---

[3] Albert Camus: Tagebuch 1951-1959.

fest. Den zwei Schlangen hing die Zunge aus dem Maul. Ihre Köpfe zeigten auf die nackten Brüste, unter denen ein bunter Rock angesetzt war, der bis zum Boden hin auslief. Eine riesige Gürtelschnalle betonte die transparente Konsistenz des Stoffes. Der Sündenapfel fehlte. Von Adam keine Spur. Mit prallen Lippen schien die Frau die Schlangen küssen zu wollen. Dabei fiel ihr stechender Blick ins Leere und zwar so geschickt am Betrachter vorbei, daß dieser sich fast zwanghaft umdrehen mußte, um herauszufinden, wo diese Leere hinter seinem Rücken platziert wurde.

In der Bar war es spärlich beleuchtet, dünn besucht und in etwa genau so kalt wie draußen. Ein Italiener spielte mit einem Inder Billard. Im Eck saß ein wohlgekleideter, noch junger Mann, der einen Skizzenblock energisch mit dem Bleistift bearbeitete. An der Theke stand eine Spanierin. Sehr blaß und sehr aufrecht starrte sie mit einem ablandigen Augenzucken in Richtung ihrer leeren Espressotasse. Ununterbrochen fuhr ihre nervöse Hand durch ihr beruhigtes Haar, das aus vielen abgesprochenen Strähnen bestand. Von hinten klapperten Helena deutschkommentierte Backgammonwürfel ins Genick. Sie saß direkt unter einem auf die nackte Wand skizzierten Kopf von Dalí. Hier war er wirklich überall. Die Behauptung, daß Dalí in Cadaqués gestrandet war, entbehrte jeder beweisführenden Grundlage. Schenkte man den zahlreichen Fremd- und Eigenbiographien Glauben, dann war es viel wahrscheinlicher, daß Cadaqués in Dalí gestrandet sein mußte. Das dalísche Kalkweiß an der Wand war wie ein Klettersteig, der auch mit Steigeisen, Pickel und Seil nicht bewältigbar schien.

Lou Reed sang vom „Last american whale". Eine mit blauen Stahlspitzen durchkreuzte Akkustik verflüchtigte den Raum, in den jetzt ein brillenverglaster Betrunkener hineinstrauchelte. „Ein laufendes Aquarium", dachte Helena unwillkürlich. Das meinte sie nicht ohne Sympathie. Ein laufendes Aquarium, das die Mondsichel von draußen mitgebracht hatte, hinter der Theke nach einer Gitarre griff und im nunmehr milchig gelben Mondlicht zu spielen anfing. Das kalte Büfett im Kopf war eröffnet. Lou Reed wurde mitten im Refrain, d. h. direkt beim letzten amerikanischen Walfisch, abgewürgt. Die Bedienung ging zielstrebig zum Fernseher und stellte den Ton ab. Man konnte es jetzt nur noch sehen, das deutsche Wetter, von Kassel bis Frankfurt delirierend, von Mannheim bis München aufgeklärt, von Hamburg bis Berlin im Regenvorhang festgeschnürt. Das laufende Aquarium spielte katalanische Volkslieder und sang dazu mit einer dunklen Stimme, die plötzlich völlig unbetrunken präzise jedem Tonabstand folgen konnte. In dem wohltuenden Aneinanderreiben seiner tiefen Stimmbänder gewann Helenas Gesichtstemperatur an Hitze. Auch in nach oben gerichteten Quartensprüngen verlor sich diese sanft massierende Reibung nicht. Helena war hin und weg. Wie bunte Lampions auf einem mondumwobenen See schwammen katalanische Wortfetzen durch die spärliche Beleuchtung. Dazu bekam das laufende Aquarium hochprozentig eingeschenkt. Je mehr er davon trank, desto weniger scheute er sich davor, auch Lieder von Paco de Lucia nachzuspielen. Und das auch noch täuschend ähnlich. Fand Helena und lehnte sich gegen das dalische Kalkweiß an der Wand wie gegen einen Märchenvorhang.

In dem Moment, als das laufende Aquarium seine Fingerfertigkeit auf dem Gitarrenhals in Spitzengeschwindigkeit von unten nach oben jagte, flog krachend die Tür auf. Eine schwarzgekleidete Frau donnerte auf knallroten Schuhen mitten in den Raum hinein. Selbst auf kürzeste Entfernung war ihr Gang dabei noch elastisch. Ihre Gesichtsfarbe unterschied sich nicht wesentlich vom dalischen Kalkweiß an der nackten Wand. Ihre Augen, die Helena kurz wie vom Ausguck eines Seelenverkäufers aus fixierten, waren wie Stechäpfel. Jedoch ohne Gift. Das sah Helena sofort. Ein schlichtes Goldkreuz baumelte auf der nackten, sehr weit ausgeschnittenen Brusthaut, die prickelnd glatt in eine samtene Knopfleiste abtauchte. Die Hutkrempe auf ihrem Kopf warf einen Schatten, der sie flächendeckend verdunkelte und sie hartnäckig bis zur Theke verfolgte. Der Kellner begrüßte sie mit ungestümen Küssen auf die ungeschminkten Wangen. Ihre Stimme war rauh und dunkel, erinnerte an die Magie der Stimmbänder des laufenden Aquariums, wenn er in den tieferen Tonlagen sang. Der Kellner hingegen fragte fast eine Terz höher. Ab da wußte Helena: Das war Maria, die gerade angekommen war. In Cadaqués. Endlich wieder. Ein Direktimport über den Luftkorridor von Marrakesch nach Barcelona. Die beschwerliche Reise von Barcelona nach Cadaqués war für Maria immer exakt eine Valium lang, gleichgültig, ob der Bus nun zwei oder fünf Stunden dafür brauchte. Erfuhr Helena. Als sich Maria an der Theke auf einem Barhocker niederließ, baumelte das Goldkreuz ein paar Sekunden lang nach. Helena konnte nicht wegsehen. Zu viele Luftmoleküle vibrierten mit. Bis zu ihr hin. Wenn Maria sich umwandte und sie kurz ansah, wogte das Goldkreuz länger nach. Das war wie ein Balanceakt auf einer maroden Hängebrücke. Hielt sie, hielt sie nicht? Ebenso schlecht war Maria einzuschätzen. Schnappte ihre Gestik sanft ein, dann rastete ihre Mimik tobend aus. Blitzten ihre Augen auf, fielen entlang der Taille ihre Hände ins Leere. Schüttelte sie ihre Ketten am Handgelenk aus, schien ihr Körper in einer buddhistischen Meditation versunken zu sein.

Das laufende Aquarium hatte die Gitarre wieder hinter die Theke gestellt. Auf dem Barhocker neben Maria wurde seine Sitzhaltung konsequent gebeugter und kompakter. Maria schwieg, das Goldkreuz war in Aufruhr. Helena erhob sich aus ihrem dalíschen Kalkweiß heraus und setzte sich auf den anderen Barhocker neben Maria. Das laufende Aquarium rückte seine Brille zurecht. Hinter der dicken Verglasung waren metergroße Augen, das sah Helena erst jetzt. Der Ton des Fernsehers war nicht wieder angestellt worden. Im Moment flimmerten stumme Herzoperationen vor sich hin. Klinisch offensichtlich nicht ganz rost- und keimfrei, aber das alles war ja ohnehin kein Märchen.

Als Maria Helena nach dem Namen fragte, stand das Goldkreuz still. Helena verfolgte seinen Weg bis zur samtenen Knopfleiste hin. Das laufende Aquarium lächelte ohne Anlaß, lächelte einfach. Fast hätte Helena seine dicken Brillengläser geküßt. Aber da saß ja Maria dazwischen. Maria, die einen Hutladen in Cadaqués hatte. Helena saß jetzt am Schattenrand ihrer Hutkrempe. Von dort aus erzählte Maria etwas vom Leben, also von dem, was manchmal davon übriggeblieben war. Immer am Anschlag, immer schräg am Puls entlang, immer den Sicherheiten in die geldgierige Fresse tretend, solange sie vorhanden, aber nicht an sie gebunden gewesen waren. Jung waren sie beide noch gewesen. Dann war ihr erster Mann innerhalb von vier Monaten an Leukämie gestorben. Aus heiterem Himmel. Auch wenn es in seinem Todeskampf geschneit hatte. Plötzlich hatte sie ihr zunehmendes Alter allein gehabt. Auch das Haus in Barcelona und die Verantwortung, einen Beruf, irgendeinen Beruf, auszuüben. Plötzlich mußte sie die Sicherheiten verkörpern. Plötzlich mußte sie sich selbst in die Fresse treten. Unter der Woche hatte sie eine Boutique in der katalanischen Metropole geführt. Jeden Samstagmorgen bis zum Sonntagabend war sie in ihrem Hutladen in Cadaqués gestanden. Nur die Nächte waren übriggeblieben gewesen, um sich die Hautporen aus dem Gewebe herauszutoben. Kein

Wunder, daß ihr Goldkreuz selten zum Stillstand gekommen war. Da hatte es noch nicht einmal Pablo, ihren zweiten Mann gegeben. Helenas und Marias Hand berührten sich für einen Moment im Aschenbecher. Da glühte es noch, aber der Stromschlag kam von woanders. Die Herzoperationen auf dem Bildschirm liefen weiter, aber Maria fing an, in Helena fernzusehen, und Helena schaltete auch nicht einfach auf ein anderes Programm um. Marias Hutkrempe wippte im Takt ihrer importierten Unruhe. So ganz aus der Nähe wirkten ihre Hautlinien im Gesicht wie glasierte Panzerspurrillen in einem Miniaturpark. Das laufende Aquarium schwitzte sich auf seinem Barhocker fest. Für eine neue Runde holte Maria ein Bündel von Peseten aus dem Brustausschnitt. Es war überraschend unzerknittert, fast wie frisch gedruckt. Die Zeit war wie auf Dalís Bild „ Die Beständigkeit der Erinnerung". Sie zerrann auf weichen Uhren.

Helena legte für einen Moment ihre Hand auf Marias Schenkel. Eine magnetisch spontane Geste, gerade noch offen, aber doch schon hinter einer unausgesprochenen Unausweichlichkeit verschanzt. Ein zumindest fragwürdiger Reflex, den sich Helena nie zugetraut hätte.

Auch sie neigte dazu, Wahrheiten im Schatten zu verstecken, um dann dort nach ihnen zu suchen. Dalí war auch insofern ein Genie gewesen, daß er die Wahrheiten immer im Licht versteckt hatte. Beim Betrachten seiner Bilder wurde man sehr unerwartet damit konfrontiert. Die plötzliche Trefferquote ließ erschauern, genau dort hatte man zwanghaft nicht gesucht. Das vergaß man auch nicht wieder. Die prägende Nachhaltigkeit hatte Tiefenwirkung.

Obwohl Maria im Schatten ihrer Hutkrempe saß, würde Helena ihre Wahrheit auf jeden Fall im Licht suchen. Sie hatte das Gefühl, daß eine Umarmung von Maria aus dem fernen Hintergrund, aus dem Schatten, gerade im direkten Vordergrund, im Licht, besonders spürbar sein würde. Marias Gesicht bewegte sich zwar im Schatten, aber sie hatte ein zweifelsohne nicht zu übersehendes Auspuffrohr aus ihrem Seelenkrümmer nach außen gelegt. Das rauchte, das dampfte, das rußte schwer. Atmete man dazu, rief das Hustenattacken hervor, die nicht einmal unbedingt im Hals stattfanden.

Erstaunlicherweise schwankte das laufende Aquarium auf sicheren Beinen aus dem Raum. Maria fragte Helena, ob sie mit ihr noch weiter durch die Kneipen ziehen würde. Helena war nicht nach Morgendämmerungssumpf. Sie verabredeten sich für den nächsten Abend. Als sie sich auf die Wangen küßten, schmiegte sich Marias Goldkreuz eng in ihre Umarmung hinein. Wie in einer Wiege blieb es für ein paar Sekunden still und geborgen liegen. Dann war sofort wieder Schluß mit Ruhe und Frieden. Maria donnerte aus dem Raum hinaus, so, wie sie ihn betreten hatte. Da verlor das Goldkreuz den geborgenen Hautkontakt zum Brustausschnitt sofort wieder.

An der Theke schwammen spanische Wortfetzen von Glas zu Glas, gingen immer wieder unter, tauchten überraschenderweise knochentrocken wieder auf, schwammen weiter. Helena mußte sich zusammenreißen, nicht den Arm um den leeren Barhocker neben ihr zu legen. Ob so viel vorgestellter Peinlichkeit, wenn eine Frau vor den Wechseljahren pubertierend wird, lachte Helena laut los. Der Kellner kam ein paar Schritte auf sie zu und fragte, ob alles in Ordnung war. War es, Helena zahlte, und draußen vor der Tür überfiel sie eine dickbäuchige, wie gleich platzende Salzwasserluft, die den Gefrierpunkt anpeilte. Ihr Auto sprang mit der ersten Zündung sofort an, obwohl die Luftfeuchtigkeit so naß wie Dauerregen war. Helena sah vor dem Rückwärtsgang in den Rückspiegel. Dort war Marias Gesicht. Ein unmoralischer Hürdenlauf in einem entwaffnenden Lächeln. Ohne Hut schimmerte es noch poröser und unter die Haut gehend. Helena schaltete die Scheinwerfer ein. Das Gesicht verschwand. Sie fuhr nach Port Lligat.

Im übertragenen Sinn ließ sich „Port Lligat" am besten mit „verschwiegener Hafen" übersetzen. Übersetzte man es nicht wortwörtlich, sondern nur wörtlich mit einem Hauch von Bild, dann wurde „der mit einem Knoten befestigte Hafen" daraus. Ein zumindest verbal schon einmal sehr surrealistisches Werk.

Port Lligat, ein Hafen, der mittels eines Knoten an einer kleinen, geschützten Bucht festgemacht war. Dieses Bild mußte erst noch gemalt werden, auch Dalí war es offensichtlich entgangen gewesen.

1930 kaufte Dalí von einer befreundeten Fischerfamilie in Port Lligat eine „barraca", eine aus unbehauenem Stein gebaute Hütte. Damit hatte er sechzehn Quadratmeter Wohnfläche ohne sanitäre Anlagen erworben. Ging man über den steinigen Strand zu den kargen Felsen über der Bucht, sah man Teile von Cadaqués und auf der anderen Seite die Ausläufer des Cap de Creus. Bis zum Ende seines künstlerischen Schaffens blieb dieser minimalistische Ausschnitt der Weltkarte Dalís Lieblingsplatz für seine Staffeleien. Sein Kraftplatz der Inspiration, den er auch in den Jahren in Amerika, Frankreich, Ita-lien und in der Schweiz bewohnen konnte. Wenn nicht mit seiner körperlichen Hülle, dann mit all dem, was darunter lag. Hier breitete sich die Palette seiner Grundfarben vor ihm aus: Graubrauner Fels, olivgrüne Sträucher, lehmbraune Gräser und ein fast schwarzgrauer Kiesstrand. In dieser Grundtönung wirkte das Meer dann silbriger, der Himmel bleicher, wie noch vor dem Horizont erbrochen, und der Mond erschien mit einem bläulichen Gefrieranzug. In einer etwa andalusischen Grundtönung hätte die farbnuancierte Leuchtkraft von Meer und Himmel wieder eine andere Wirkung. In Dalís minimalistischem Ausschnitt der Weltkarte schmirgelte scharfkantiges, katalanisches Licht matte Kerben in die leuchtenden Strahlenschimmer einer kargen Landschaft. In diesem Licht war es möglich, sich schon von weitem kommen zu sehen und trotzdem ganz spurlos an sich selbst vorüberzugehen. Blickte man zurück, war man nie dagewesen.

Im Laufe der Jahrzehnte war aus der ursprünglich sechzehn Quadratmeter großen Fischerhütte der Eingang zu einer weitläufigen Anlage geworden. Nach und nach hatte Dalí die umliegenden Barracas dazugekauft und sie untereinander zu einem komplizierten Labyrinth verbunden. Wildwuchernde Steingärten hüllten die Gebäude ein, riesige Steineier krönten die Eckpunkte der Flachdächer, Pinienstämme wuchsen aus Bootsrümpfen und beschatteten bizarr molekulare Mosaike aus natürlich gefärbten Steinen. Wohnungen, Atelier, Garten, ein Labor und ein kleines Theater bildeten den grundgemauerten Rahmen für Dalís Suche nach Ruhe, Isolation, Selbstdisziplin und inspirierender Kreativität. Und wollte er dann doch einmal Besuch haben, scheute auch ein Walt Disney die Reisestrapazen nicht. König Juan Carlos hatte es ja nicht so weit und kam eher auf sonntäglichen Ausflügen vorbei.

1953 erklärte Franco Port Lligat zu einem nationalen Denkmal. Ab diesem Zeitpunkt durfte dort nichts mehr verändert werden. Alles war dadurch wie unantastbar und damit ein wirkungsvolles Immunitätspfand gegen Fortschritt, Tourismus und architektonischen Kapitalismus. Natürlich fragten sich damals viele, wie ausgerechnet Dalí, der doch glaubhaft dem Marxismus gehuldigt hatte, dazu in der Lage gewesen war, ausgerechnet Franco zu solch einem Schritt bewegt zu bekommen. Die Frage blieb unbeantwortet. Die faktische Erklärung von Franco hatte indes die wertvoll ökologische Konsequenz, daß in Port Lligat kein vorgelagerter Hafen für Cadaqués gebaut werden durfte. Stattdessen entstand ein Zentrum für Delphine, die dafür ausgebildet wurden, auf ihren Flossen behinderte Menschen durch das zumeist ruhige Wasser der Bucht zu flösen, um für sie Urvertrauen erfahrbar zu machen. Die Delphintrainer kamen aus Amerika, Australien und Belgien. Auch sie fingen irgendwann einmal fast alle wie nebenher zu malen an. Über der Bucht von Port Lligat und Cadaqués lag offenbar der Fluch einer surrealistischen Ansteckungsgefahr.

Als Helena die geisterhaft daliegende Wohnanlage von Dalí passiert hatte, schaltete sie die Scheinwerfer aus und fuhr ohne Licht durch das schmale Flußbett, welches sie noch von dem kleinen Strand von Port Lligat trennte. Unter tiefen Büschen parkte sie das Auto und baute daneben in aller Seelenruhe ihr kleines Zelt auf. Im Schlafsack liegend schaute sie aus dem Zelteingang heraus auf das Wasser. Totenstill, pechschwarz und durchdringend feucht war es. Es knackte kein Ast, man sah fast keine Kontur, und Helenas Haare drückten sich schon schwerer in ihr zunehmend salziges Gesicht.

Sie hatte ihn nicht. Den Führerschein für den Ausgang.

Sie hatte auch noch nie eine Eintrittskarte für den Eingang besessen. Sie lag da. Sie war jetzt in Port Lligat. Das reichte ihr im Moment.

Hier hatte jemand mit einer scharfgeschliffenen Papierschere Meerfragmente aus dem Horizont geschnitten und sie dann nicht mehr zusammengesetzt. Das also war die Heimat von Salvador Dalí, ein bestens besuchter Ausgang, der wie selbstverständlich dann wieder als Eintrittskarte benutzt wurde.

War Dalí etwa nicht eine nicht *ver*fremdende Collage zwischen Antike und einer Neuzeit, die erst noch zu kommen hatte? Die vielleicht schon da war? War Dalí von Helenas heutigem Standpunkt aus überhaupt noch ein Surrealist?

War Dalí von Helenas heutigem Standpunkt aus nicht *der* Realist schlechthin?

Dalís Welt *damals* erschien Helena als ihre Welt *heute*.

Ein Theater der unsicheren *Be*fremdung. Mikroexakt und vorsätzlich verlogen war rasch jede Bedeutung abgesaugt. Kaum betrat man nur seine eigenen Füße, schon konnte man sich nicht mehr umdrehen. Damit sollte man dann wie ferngesteuert vorwärtshasten.

Schon fünfzehn Jahre vor Helenas Welt heute sagte Dalí, daß es um einen beinahe monströsen Fortschritt der Spezialisierung ginge. Leider ohne jede Synthese, wollte er noch unbedingt angefügt wissen. Wenn er jetzt nur nicht auch noch hellgesehen hatte, der Señor Dalí.

Helena rauchte eine Zigarette. Das war der einzige statische Lichtpunkt an Port Lligat. Marias Augen starrten sie aus der Dunkelheit heraus an. So mitten im Winter waren auch Grillen nur stumme Zeitzeugen. Mit viel mühevoll nachgestellter Sehschärfe erkannte Helena ein Steinei auf einem der Flachdächer von Dalís Wohnkomplex. Vom höchsten Punkt des Steineies aus starrten sie Marias Augen an. Marias Augen starrten nicht nur irgendwohin. In den unbeobachteten Momenten im Belle Epoque waren sie auch starr gewesen. Natürlich mit Valium geweitet und vielleicht auch mit Kokain verengt, dahinter auf jeden Fall jedoch starr. Eine Starre, welche auch die Entfernung ausdrückte, die Maria noch nicht zurückgelegt hatte. Und wäre dort ein heller Widerschein hineingefallen, dann hätten diese Augen eine Runde starres Schwarzlicht ausgegeben. Im Belle Epoque hatte Helena gedacht, daß Marias Augen auch eine Möglichkeit waren, sich nicht andauernd selbst begegnen zu müssen. Als Helena den Grund hinter Marias Pupillen fixiert hatte, war sie Helena begegnet.

So einen Schlafsack zur Winterzeit hätte man auch ganz gut zu zweit wärmen können. Helena erschrak unabsichtlich, weil ihr Herz so laut schlug. Der verdeckte Leuchtturm vom Cap de Creus fächerte in regelmäßigen Abständen rotierende Lichtschlieren auf eine gekräuselte Wasseroberfläche, die weit draußen wie nach Luft zu schnappen schien. Auch allein im Schlafsack liegend wurde Helena langsam warm. Gut, daß sie immerhin noch das Zelt aufgebaut hatte. An den Wänden lief jetzt schon das Wasser herunter.

Maria hatte noch eine wache Baumkrone. Aber schon eine müde Wurzel. Noch erschienen die Äste biegsam. Drückte man sie jedoch weit genug auseinander, dann würden sie nicht mehr in die Ausgangsposition zurückschnellen.

Der Reißverschluß des Zeltes tropfte und war salzverkrustet. Das eine Mal lief er wie eingeölt, das andere Mal stockte er wie eingeschnappt. Helena sah nach draußen. Auf der linken Seite war die Morgensonne schon über die scharfkantigen Felsenreliefs geklettert. Aus der Ferne bellte ein Hund. In der schweren Luft tanzten Gischtpartikel. Hinter den Mauern von Dalís verschachtelten Steinhäusern war es ganz still, nirgendwo stieg Rauch auf. Mühsam schälte sich Helena vor das Zelt, es war fast windstill. Die aufsteigende Sonne wärmte ihr behutsam die Nässe der Nacht aus den steifen Knochen heraus. Dort schien es schon zu rosten, sie hatte sich schon beweglicher gefühlt.

Helena sah weit vor sich hin. Ungläubig. Sie hatte von ihrer eigenen Geburt geträumt. So intensiv, daß es ihr wie ein Wunder erschien, daß sie jetzt auf das Meer schaute, sie tatsächlich in der Bucht von Port Lligat saß. Sie war aufgewacht, als sie ganz dringend verzweifelt ihren ersten Schrei in diese Welt gesetzt haben wollte. Die hatte ihr schon seit Monaten große Angst gemacht gehabt. Fast eine Art Todesangst. So grell. So kalt. So laut. So bedrohlich. Diese Welt jenseits der Bauchdecke. Da hatte sie auf keinen Fall hingewollt. Lange hatte sie mit sich und wahrscheinlich auch mit der um ihren Hals gewickelten Nabelschnur gerungen gehabt, bevor sie sich ergeben hatte. Eine sich stark zusammenziehende Preßkraft hatte sie vorangetrieben gehabt. Im Unterleib ihrer Mutter war sie durch den Kanal geschossen gekommen. Dort, wo das Licht am Ende des Tunnels geflackert gehabt hatte, war sie platt gedrückt worden. Im Traum hatte Helena körperlich genau gespürt gehabt, wie sie verformt worden war. Die Schädelplatten waren doch noch wie Knete gewesen. Und genau dort waren ihre Ohren durch den übermenschlichen Druck einfach hineingedrückt worden. Das hatte nicht einmal ein Loch oder zumindest einen Abdruck hinterlassen gehabt. Helena erschien es jetzt, als ob ihr Kopf die Ohren einfach verschluckt gehabt hatte. Und dunkel war es noch gewesen. Aber nicht mehr stockdunkel. Und obwohl ihre Ohren scheinbar aufgehört gehabt hatten zu existieren, hatte es gerauscht und gegurgelt gehabt, als ob jemand eine Klospülung in ihr kleines Gehirn hineinoperiert gehabt hätte. Klar. Natürlich waren da unterwegs keine Schachtdeckel mehr gewesen, durch die man hätte noch flüchten können. Nichts mehr umzubiegen. Nichts mehr aufzuhalten. Völlig unsurrealistisch. Dann hatte sie plötzlich Widerstände gespürt gehabt. Irgendwelche, sich felsenfest zusammenziehende Muskeln, die zu Mauern geworden waren. Ihre Nabelschnur wollte gleich platzen. Aufgequollen hatte sie wie ein überdrehtes Metronom gepulst gehabt. So eng, wie sie um Helenas Hals gelegen hatte, war eigentlich nur noch das Ersticken in Frage gekommen gewesen. Aber das alles war überhaupt nicht so schlimm gewesen. Schlimmer war das geburtsüberdrückte Gefühl gewesen, daß sie auf der anderen Seite dieses langen roten Flusses nie erwünscht gewesen war. Ihr Vater hatte die Abtreibung von Anfang an gewollt gehabt. Ihre Mutter hingegen hatte um jeden Zentimeter Boden gekämpft gehabt, um dies zu verhindern. Im Laufe der Schwangerschaft mußten ein paar Meter daraus geworden sein, mit der sechsten Preßwehe war sie draußen gewesen.

Draußen. Noch hatte sie nicht geschrien gehabt.

Und wie hatte sie ausgesehen gehabt, dort draußen? Graublau. Zusammengekauert. Feingliedrig blutverschmiert. Die Hände ausgebreitet wie in einem Versuch, etwas zu erklären. Eher uralt als neugeboren. Und noch hatte sie nicht geschrien gehabt. Stattdessen ein grobes, hektisches Zerren an der um ihren Hals gewickelten Nabelschnur. Langsam hatte sie Luft bekommen gehabt. Punktuell hatte sich ihre graublaue Haut ins Rosige verfärbt gehabt.

Sie war also nicht erwünscht gewesen. Trotzdem war sie gekommen. Und später würde man sie deshalb vergewaltigt haben? Wieder und wieder?

Unbedingt hatte sie jetzt schreien wollen. Aus Leibeskräften und überhaupt nicht unschuldig. Dafür war es schon vor dem Anfang viel zu spät gewesen. Kaum angekommen und schon durchlöchert mit Schuld. Kaum angekommen und schon zur Beerdigung freigegeben. Wenigstens das wollte Helena noch in ihrem Traum herausgeschrien bekommen.

Exakt vor dem Schrei erwachte sie, öffnete den Reißverschluß des Zeltes und sah auf das Meer hinaus. Dort hinein war sie also geboren worden. Dachte sie im ersten Moment. In eine ewige Wiege, die unendlich weiterwogte. Helena schloß die Augen und spürte die Wellen. Auch wenn wieder kein Schrei zustande gekommen war. Als sie es nicht mehr aushielt, zog sie sich nackt aus und rannte frontal auf die Wellen zu. Sie stürzte, jedes Sandkorn auf ihrer Haut war wie eine Saugglockengeburt, sie rannte weiter. Und sie schrie. Und schrie. Endlich. Und war glücklich, daß ihr Herz ihr Schrittmacher blieb, als sie ins Wasser klatschte. Aus der Ferne glitzerten wie zum Dank ein paar Delphinflossen. Sie ließ sich treibend an den steinigen Strand spülen. Der ablandige Wind frottierte ihr Wärmeflächen über die geschmirgelte Haut, zwischen ihren Schenkeln triefte eine Gänsehaut nach. Das Wasser hatte vielleicht dreizehn, vielleicht vierzehn Grad. In ihr war es viel heißer. Helena ließ sich in den Sand fallen und genoß eine Temperatur, die ausschließlich nur aus ihr selbst kam. In den Durchzugspausen einer Zigarette packte sie singend ihr Nachtlager zusammen. Mühelos kam sie durch das Flußbett und grüßte im Vorbeifahren militärisch stramm Dalís Anwesen. Ausgelassen winkte sie in den Rückspiegel.

In den Serpentinen zum Cap de Creus hinauf gab sie dem Drehzahlmesser hohe Ausschlagsmomente. Quietschend fuhr sie durch eine pflanzenlose Mondlandschaft. Hier mußte Dalí oft visuell masturbiert haben.

Auf der abgeflachten Spitze des Kaps stand der Leuchtturm. In den sechziger Jahren wurde dort „Das Licht am Ende der Welt" gedreht. Auch Kirk Douglas und Yul Brunner hatten einst diese unglaubliche Aussicht vor ihren kriegerischen Grimassen gehabt, die sie dort für das Drehbuch am laufenden Band zu produzieren hatten. In der Nähe des Leuchtturmes stand ein altes, wie adelbeflecktes Gebäude. Der Grundriß war fast quadratisch. Hochaufgeschossen tummelten sich herrschaftlich abgebrochene Zinnen auf dem flachen Dach. Die Außenfassade schimmerte auch im milden Glanz der mittäglichen Wintersonne in einem tiefen Rotgold. Sie wirkte wie eine jahrelang abgeblätterte Tapete in einem erstaunlich unverstaubten Wohnzimmer. Die rotbraunen Terracottafliesen der nach Süden zeigenden Terrasse sowie ein paar Tische und Stühle waren das einzige Inventar darin. Das Gemäuer umschloß Bar, Restaurant und Pension in einem Aufwasch. Durchweg rothaarige Engländer bewirtschafteten es mit liebevollen Augen für das Detail. Helena nahm auf der Terrasse Platz. Das Gebäude schirmte die heftigen Nordwestwindböen effektiv ab. Die neben dem Haus aufgehängte Wäsche lag waagerecht in der Stoßrichtung der winterlichen Luftmassenbewegung. Spielerisch federten sich punktierte Wölkchen vom Horizont ab, bevor sie in der Luft zerrissen wurden. Unter dem horizontalen Blickwinkel nach Süden nahmen heftig umschäumte Fischerboote Kurs auf den kleinen Hafen von Cadaqués. Schwerfällig stampften sich ihre Schiffsrümpfe durch eine Dünung, die von Helenas windstiller Perspektive aus völlig widernatürlich wirkte. Aus der Ferne hörte man die Dieselmotoren vollastig brummen, aber sie schienen keine Fortbewegung ermöglichen zu können. Die Fischerboote standen in den von ihnen aufgeworfenen Wasserblasen wie still. Aus der südwestlich gelegenen Bucht von Cadaqués stiegen weiße, windverzerrte Rauchwölkchen auf. Wie indianische Rauchzeichen skizzierten sie Helenas Friedensverhandlungen nach dem Waffenstillstand ins Himmelsblau. In nordöstlicher Richtung drängten sich wuchtig und kristallin die schneebedeckten Gipfel der Pyrenäen gegen eine haltlose Entfernung. Ins Gegenlicht starrend verschob sich die Farbpalette, die Helena zur Verfügung stand. Von Zeit zu Zeit durchkreuzten also strahlend blaue Möwen den milchig weißen Himmel. Helena wurde warm, fast heiß. Unter den ausgefransten Dachkanten fühlte sie sich geborgen. Sich wohlig räkelnd bohrten Helenas Augen eine schwammige Zeitlosigkeit in den gleißenden Lichtspiegel hinein. So abgehoben weit oben saß man sogar über sich selbst. Optisch zwingend mußte Dalí auch hier freischwebend visuelle Traumtümpel auf Vorkriegsleinwände gezaubert haben. Die Bedienung war unauffällig und freundlich. Die unter Helenas abfallendem Blick herunterstürzenden Hänge wirkten wie geflutete Bombentrichter, in denen sich leuchtende Blumen gegen die Windrichtung festgekrallt hatten. Die Fenster in die Bar hinein waren alle offen. Drinnen brannte ein Feuer im offenen Kamin. Das Knistern wurde nur von der Stimme von Sade übertönt. „I never thought I would see the day." Helena sah in eine Weite, die den Geschmack der Linie entbehrte.

Am 18.7.1936 brach in Spanien offiziell der Bürgerkrieg aus. Die ganzen Jahre davor hatte er schon gebrütet und gewütet, schon im inoffiziellen Vorfeld hatte er grausame Exzesse statuiert. Mit der offiziellen Eröffnung bekämpften die rechten Republikaner unter Franco nunmehr mit öffentlich legitimiertem Auftrag Kommunisten, Marxisten, Sozialisten, Leninisten und Anarchisten. Kurzum, das ganze linksinfizierte Pack mußte ausgerottet werden. Auf radikale Säuberungswellen der Linken erfolgten Deportationen, Hinrichtungen, Vergewaltigungen und Verstümmelungen durch die

Rechten. Die Methoden der haßerfüllten Folterungen und Ermordungen waren zu jedem Zeitpunkt gegeneinander austauschbar. Buenaventura Durruti, ein spanischer Metallarbeiter und Anarchist, der zu einer Schlüsselfigur im spanischen Bürgerkrieg avancierte, fiel am 19.11.1936 auf offener Straße wie tot um. Madrid hatte ja nun wirklich viele offene Straßen, dennoch wurde an der offiziellen Version festgehalten, daß Durruti von einem Heckenschützen mit einem annähernden Herzschuß ins revolutionäre Jenseits befördert wurde, als er mit einem Maschinengewehr bewaffnet aus einem Auto stieg. Die inoffizielle Version, die erfahrungsgemäß wahrscheinlichere, besagte, daß ihn niemand beschossen hatte, sondern daß sich beim Aussteigen aus dem Auto ein Schuß aus seiner eigenen Waffe gelöst hatte. In Durrutis mitgeführtem Gepäck fand man zwei Pistolen, ein Fernglas, eine Sonnenbrille und einmal Unterwäsche zum Wechseln. Was für eine Auswahl an Reiseutensilien für eine wirkungsvoll flächendeckende Gegenrevolution. Und Buenaventura Durruti lebte noch elf bis zwölf Stunden weiter, bevor er in einem Krankenhaus schräg gegenüber des Unglücksortes starb. Sein Leichnam reiste über Valencia nach Barcelona, wo er zwei Tage später begraben wurde. Auch in Barcelona wurde schon in den Straßen gekämpft, und die Ebene des Ampurdán war zur gleichen Zeit schon verwüstet und verlassen. In Cadaqués wurde die Konservenfabrik, die damalige Wirtschaftsgrundlage des Dorfes, in Schutt und Asche gelegt. Etwa dreißig von Dalís damaligen Freunden wurden getötet, darunter waren auch einige Fischer aus Port Lligat. Sein Elternhaus in Cadaqués wurde von einer Bombe getroffen. Sein Anwesen in Port Lligat wurde zerstört und verwüstet. Seine Schwester Ana María wurde deportiert, gefoltert und vergewaltigt. Wo aber war Salvador Dalí?

Dalí reiste im November 1934 zum ersten Mal nach Amerika. Sein Hauptmotiv war Flucht. Flucht vor dem faktisch schon stattfindenden Bürgerkrieg in Spanien, Flucht vor den propagandistischen Selbstläufern seiner Provokationen in der Surrealistengruppe um André Breton. Daß er als Nochmitglied dieser linksanarchistischen Gruppierung Franco verteidigte und Hitler offen bewunderte, vor allem seinen Arsch, stieß nicht gerade auf tolerante, wertneutrale Gegenliebe. Dalí blieb zunächst vier Monate in Amerika. Seine ersten Ausstellungen dort waren vor allem auch in finanzieller Hinsicht ein Riesenerfolg. Nach Europa zurückgekehrt pendelte er zwischen Paris, London, Florenz und der Schweiz hin und her. Der spanische Mutterboden blieb angstväterlich tabu. Dalí wurde zum Exil-Surrealisten. Im länderkundlichen Sinne und auch faktisch: André Breton hatte ihn endgültig aus der Surrealistengruppe ausgeschlossen. Nicht nur Dalís Bewunderung für Hitlers Hinterteil war dafür der Grund. Vor allem auch in der Kombination mit Gala war Dalí zu mächtig, zu exzentrisch, zu publikumsmagnetisch, zu selbstherrlich, zu geldgierig, zu provokant, zu risikoreich, zu ..., zu ..., zu ... geworden. Für Dalí selbst war die Erklärung für den Ausschluß weitaus weniger komplex. Er hatte sich eben nicht nur zu einem Vollsurrealisten entwickelt, nein, darüber hinaus war er auch noch übersurrealistisch geworden. Das verkraftete kein normaler Surrealist mehr.

Im Februar 1939 reiste Dalí erneut nach Amerika. Sein Hauptmotiv war Flucht. Flucht vor dem drohenden Zweiten Weltkrieg, Flucht vor dem erneut endgültigen Bruch mit der Surrealistengruppe um André Breton. Dort hatte sich die Empörung über Dalís hitlerische Bewunderungswogen gerade so geglättet, daß er bei den Surrealisten schon wieder geduldet war. Mit einem sagenhaft sensiblen Timing warf er genau zu diesem Zeitpunkt neues Öl auf ein Feuer, was noch nicht erloschen war. Der Exil-Surrealist wurde nun auch noch zum Ex-Kommunisten. Dalí sprach sich zum ersten Mal öffentlich für die rechten Republikaner, d. h. für Franco aus. Ob das nur noch mit Provokation und Propaganda zu tun hatte, war fraglich. Im schrecklich wütenden Bürgerkrieg sah Franco wie der Sieger aus. Dalí wollte unbedingt nach Spanien zurück. Er litt unter der Abwesenheit von Cadaqués und Port Lligat, ihm fehlte die künstlerische Inspiration durch die natürliche Bilderwelt des Ampurdán schmerzlich. Hätte er sich gegen Franco ausgesprochen, dann wäre sein Exil zur Dauerfremde geworden. Vielleicht hatte er sich deshalb weder provokativ noch propagandistisch, sondern kühl kalkuliert und radikal egoistisch für Franco ausgesprochen. Fraglich also, wer sein Anwesen in Port Lligat in seiner Abwesenheit wirklich beschmiert, verwüstet und zerstört hatte. Francophobe Revolutionäre waren nach Dalís Bekenntnis dann doch wahrscheinlicher als francophile Milizen, denen man die ganze Sauerei zunächst in die kampfzerfledderten Stiefel geschoben hatte.

Was Dalís heimatgebundene Inspiration betraf, sollten ihm die Jahre 1940-1948 in Amerika Recht geben. In seinen Bildern zeigte sich eine schleichende Abkehr vom Surrealismus, ohne daß sich nach und nach ein neuer Stil offenbarte. Das hatte es bei Dalí bis dahin noch nie gegeben gehabt. Als Jugendlicher war er Impressionist gewesen. Als junger Heranwachsender war er Kubist gewesen. Als junger Mann war er Klassizist mit puristischem Einschlag gewesen, bevor er ein ganz streng linearer Surrealist geworden war. Und dann ein verschwimmender Stil? Dalí brauchte die mondgekalkten Felsen des Cap de Creus, die sonnenzerfressene Uferlinie von Cadaqués, die Farbtöne der Ebene Richtung Figueras, um der Surrealist Dalí zu bleiben. Ihm fehlten die kreativschübigen Kontakte zur Bretonschen Surrealistengruppe. Wahrscheinlich aber hätte diese künstlerische Entwicklung auch mit unmittelbarer Tuchfühlung zu seinem magischen Dreieck im Ampurdán genau so stattgefunden, wenn auch mit einer schleichenderen Abkehr vom Surrealismus. Denn Dalí steuerte unausweichlich auf seine Lebensmitte zu. Ein fernes Wehen des realistischer werdenden Todes schlaffte ihn an. Und es war Krieg in Europa. Seine Bilder verkauften sich schlecht. Er war gezwungen, andere Wege zu gehen. In Amerika wurde Dalí auf Bestellung zum Porträtmaler der High-Society. Während Henry Miller 1942 in seinem Haus an der Westküste von Amerika am „Wendekreis des Krebses" herumkorrigierte, malte Dalí unausgeglichen in der Millerschen Bibliothek. Das machte sie nicht gerade zu dicken Freunden, wohingegen Anäis Nin von Dalí sehr angetan war. Wahrscheinlich weniger aus künstlerischen Gründen. Und doch geschah wundersames: Nach ein paar Wochen des Zusammenlebens redigierte Dalí seine Autobiographie, während Henry Miller in seiner Bibliothek Aquarelle malte.

Dalí, der Exil-Surrealist, der Ex-Kommunist, der fast ehemalige Katalane, wurde zum Elfenbeinturmwärter im Niemandsland, der unter der wie unüberwindbar weiten Entfernung nach Cataluña litt. Litt er auch darunter, daß seine eigene Schwester deportiert, gefoltert und vergewaltigt worden war?

Vor seinem achtjährigen Exil in Amerika, aber schon nach Ausbruch des Zweiten Weltkrieges, bewohnte Dalí ein heruntergewirtschaftetes Herrengut in Arcachon bei Bordeaux. Schon ohne Krieg war Dalí ein sehr ängstlicher Mensch. Hobby-Kriegsexperten hatten ihn davon überzeugt, daß Arcachon im Falle einer Invasion der Deutschen der Ort in Europa sei, der mit zuletzt erobert werden würde. Außerdem lag Arcachon von seiner ampurdánischen Heimat nicht allzuweit entfernt. Um seine Kriegsängste besser in den Griff zu bekommen, ließ sich Dalí dort einen Bunker bauen. Sein Dauerinteresse galt vor allem schußsicheren Anzügen. In den acht Monaten an der französischen Atlantikküste malte er sechzehn, zum Teil großflächige Bilder. Ein überdimensionaler Schaffenstrieb, geboren aus der Triebfeder der Angst. Dalí war von Freud begeistert und studierte ihn. Dalí war von Nietzsche begeistert und studierte ihn. Dalí war von Dalí begeistert und studierte ihn. Er krönte sich zum Kaiser der Selbstmythologisierung und schlug sich als überstudierter Erfüllungsgehilfe durch die Psychoanalyse seiner selbst.

Im August 1940 floh Dalí über Madrid und Lissabon auf das Schiff nach Exil-Amerika. Zwischen Arcachon und Madrid lag Cadaqués. Er klopfte an die Tür seines Vaters an und versöhnte sich unter Zuhilfenahme von Freunden und Verwandten mit ihm. Dann hastete er weiter durch die dunkle Kriegsnacht. Dorthin, wo Europa aufhörte und ein neuer Kontinent erst auftauchen konnte, nachdem eine ganze Meerunendlichkeit dieselstampfend überwunden war.

Unbemerkt war das Mittagslicht weitergerückt, Helena sah dem jetzt schräger nach. Sie blieb noch einen Moment sitzen, machte keine Spaziergänge mehr auf Dalí. Und auch nicht auf sich selbst. Schon lange nicht mehr. Sie rannte eher nur noch um sich herum. Inzwischen liebte sie ihre abgelaufenen Ecken. Ihre Mitte hatte sie ja noch nicht.

Mehrere hundert, steil abfallende Meter unterhalb des Leuchtturmes legte Helena sich in eine kleine Bucht. Inzwischen war Nachmittag, die Wintersonne stand tief. Dort unten war sie ganz allein, vom starken Wind geschützt, hochschwanger aufgewärmt und darin noch wie eingerollt. Ganz oben am Leuchtturm standen sie dann, die eingedeckten Wintermäntel, aufgebauscht in Windstärke sechs bis sieben, den Kopf in Windrichtung ausschüttelnd. Darüber fliegend schrien sich die Möwen spielfreudig und treffsicher die nächsten Platzkarten zu. Die Möwen starrten von oben nach unten in die Bucht. Die Wintermäntel starrten von oben nach unten in die Bucht. Die Köpfe starrten von oben nach unten in die Bucht. Helena zog sich aus und rannte auf das Wasser zu. Die eingerissenen Kanten der letzten Nacht taten noch weh, mußten noch weggespült werden. Vom Strand aus spannten die verrosteten

Rippen eines alten Bunkers mit dem Dreifachpublikum aus der Höhe um die Wette. Als Helena auf die Wasseroberfläche klatschte, schüttelten sich die Köpfe über den Wintermänteln jetzt auch gegen die Windrichtung aus, die Möwen ließen sich in Luftlöchern gleich mehrere Etagen tiefer fallen. Helena hatte das Gefühl, im eigenen Herzstillstand zu explodieren. Sie schnellte senkrecht nach oben und schwamm los. Weit vor ihr durchkreuzte ein Fischkutter stampfend die zunehmende Dünung, die Helena jetzt auch schon spürte. Für einen Moment legte sie sich auf den Rücken und sah im Himmel den abnehmenden Widerschein eines Farbknalltages. Rasch fror sie, mit kraftvollen Zügen schwamm sie weiter, ihre Gedankenwelt splitterte. Heute abend würde sie also zu Maria gehen. Schwarze Schatten ruhten, weiße Spiegel zitterten. Graue Vorstellbarkeiten färbten sich hoffnungslos bunt. Oben, auf dem Plateau des Kaps waren die Köpfe starr geworden. Merkwürdig dynamisch flatterten die Wintermäntel weiter. Die Möwen warfen manchmal schon Schatten auf Helena. Hatte sie damals in einem missionierten Jugendgerüst geheiratet? Hals über Kopf, weil indoktrinierte Bibelweisheiten doch tiefer saßen als selbstgebasteltes Anarchiegeplapper? Wohin sollte sie gehen? Jetzt, mit den Kindern? In Deutschland wollte sie nicht mehr bleiben. Dort erlöste sie kein Schlaf mehr, und die Müdigkeit ohnmachtete sie nur noch irreversibel. Natürlich wurde sie bald vierzig. Innerlich war ihr Körper schon ein paar Jahre älter, auch wenn er äußerlich noch wie dreißig aussehen wollte. Ihre nie richtig blonden Haare grauten sich zunehmend in jeden weiteren Morgen hinein. Zwischen Schenkel, Po und Busen spielten sich schon Altersbewältigungsdramen ab. Erste, sich vorstreckende Todesfinger empfand sie als scharf geschliffene Sektkelche mit frisch geschnittenen Nägeln. Das war das Produkt ihrer Zeit, der Teiler ihrer Unzeit, der kleinste gemeinsame Nenner in der Uferlosigkeit des größten gemeinsamen Vielfachen.

Deshalb schwamm sie ja auch jetzt viel zu weit hinaus. Seit dem Tod ihres Mannes war sie nur noch hingestanden. Dieser Dauerstand war nach und nach zu einem Stillstand geworden. Ihr Getriebe war schon ziemlich verbraucht. Jetzt mochte es aber durchdrehen. Der kräftig angesetzte Rost wollte noch einmal richtig weggesprengt werden. Gleichzeitig losrennen, schneller werden und nicht mehr anhalten – ein Geheimrezept.

Ein möglicher Durchfall drückte die Falten von Helenas Po zusammen. Die Kälte des Wassers kroch auch dort hinein. Die nun lauter klatschenden Wellen trafen sie jetzt von der Seite. All die Spermaflocken, die sie nie in sich drin haben wollte, verwirbelten sich eiskalt in ihrem Unterleib. Helena war wach geworden. Sie kehrte um. Keuchend pumpte sie gegen die Strömung Richtung Land. Nur noch dort wollte sie hin. Als ihre heftig kreisenden Beine gegen Stein stießen, ließ sie sich atemlos treiben. Für diesen einen Moment hatte sie noch einmal die Erlaubnis bekommen, neu geboren zu werden.

Fest gruben sich ihre blaugefrorenen Füße in den steinigen Strand hinein. Vom Leuchtturm oben johlte ein Gewirr aus Schreien, Pfiffen und Händeklatschen. Helena entzog sich den in flatternde Wintermäntel gehüllten Blicken und legte sich absolut kälteunempfindlich in eine Felsnische. Ihr Körper heizte zentrifugal nach, die Sonne sank zur Wasseroberfläche herab. Die Bucht gab nur einen begrenzten Ausschnitt auf das Meer frei, aber die Unendlichkeit blieb komplett. Der Strand hatte seine schmalen Fensterflügel zum Abend hin weit geöffnet. Im goldgleißenden Gegenlicht tanzten Salzkristalle. Die Däm-merung senkte sich wie eine zentrische Streckung auf Helenas schattenwerfenden Körper. Der aus den Augen geflogene Kindheitstraum konnte in ihren langen Augenwimpern hängenbleiben. Als Helena sich anzog, hatte die Dämmerung schon Bleispuren.

Marias Appartement lag an die Altstadt gelehnt im westlichen Teil von Cadaqués. Das Haus erinnerte Helena an einen Plattenbau in der nun auch ehemaligen DDR. Darin teilten sich bestimmt sechzig, siebzig kleine Wohneinheiten das Gesamtvolumen auf, natürlich abzüglich der langgezogenen, mit Leere zubetonierten Gänge, die Helena nach so viel nachmittäglich antikem Altstadtmauerwerk zutiefst befremdeten. Sie wußte zwar das Stockwerk, aber nicht die Tür und irrte durch einen schwachbeleuchteten Tunnel, der sie fast ohne Schatten abbildete. Keine der Türen hatte ein Namensschild. Als sie sich entschieden hatte und die Hand hob, um anzuklopfen, öffnete sich bereits schon die Tür. Von Kerzenschein geflutet stand Maria im Rahmen. Sofort, mit noch weit aufgerissenen Augen, fiel Helena auf, daß sie keinen Hut trug. Sie umarmten sich unerwartet lang. In der durcheinanderströmenden Wärme war viel Hunger spürbar. Maria hatte gekocht. Paella mit

Meeresfrüchten, das hatte man schon im Gang gerochen. Der Tisch war festlich und liebevoll gedeckt. Ein schwerer Kerzenhalter mit sechs blauen Kerzen, die in der Zugluft zweier gekippter Fenster hechelnd nach Luft schnappten. Eine weiße Tischdecke und echtes Silberbesteck. Blaue Servietten und eine rote Rose in einer gelben Vase. An den Wänden hingen große, alte Emailschilder von Nivea, Ducados, Fundador und VW-Käfer, sowie zwei Bilder mit naiver Malerei, die Helena nach den ganzen Surrealismusausschweifungen irritierten. So ganz im Raum stehend war die Plattenbauassoziation dahin. Maria hatte einen ganz eigenen Geschmack, die Betonwände unsichtbar zu machen. Wärme zirkulierte um die Statik.

Verlegen saßen sich die zwei Frauen gegenüber, rauchten eine Zigarette. Vier Augen schweiften von Gesicht zu Raum, von Raum zu Gesicht. In Marias Kleidausschnitt wogte das Goldkreuz auf und nieder. Helena war sich sicher, daß dies kein Erzählabend werden würde. Die Spannung zwischen vier Wänden war noch viel stärker als der Geruch der Paella, die Maria jetzt servierte. Rotgolden, fast ölig, floß der Wein aus der von Maria handgelenkten Flasche in die mit Schliff verzierten Kristallgläser. Sie stießen an, und nichts war fremd. Maria war ganz anders als in der Öffentlichkeit des Belle Epoque. Schüchterner, unsicherer, stiller. Fraulicher. Schon bei ihrer ersten Begegnung hatte Helena gestern gedacht, daß ihre unausgesprochene Gemeinsamkeit darin bestand, daß sie beide Fassadenspezialistinnen, Tarnkappenprofis, Topagentinnen der Undercover-Haut waren. In der von Helena aus gesehen gegenüberliegenden Glasvitrine standen zwei gerahmte Photos. Ihr zweiter Mann, ihr geschiedener Mann und ihr Sohn, sagte Maria fast tonlos, als sie merkte, daß Helena nicht mehr wegsah. Die Paella schmeckte ausgezeichnet, der Rotwein aus dem Penedès fiel da kaum zurück.

Marias zweiter Mann Pablo, ein Kolumbianer, war Jockey und spielsüchtig gewesen. Bevor ihr Sohn Carlos zur Welt gekommen war, hatten sie in Bogotá gelebt. Pablo war jeden Sonntag geritten. In den meisten Rennen hatte er sein Pferd als Sieger über die Ziellinie gepeitscht gehabt. Maria hatte jeden Tag in ihrer Kneipe gestanden, Pablo war wie gesagt geritten und hatte den Grauzonenbereich des Nebenher, die dunklen Geschäfte, gemacht. Schwarzgelder, Drogen, Handel mit gefälschten Pässen, Poker mit gefälschten Karten. Aber kein Schleusen, kein Schleppen, kein Menschenhandel, keine Prostituiertengeschäfte. Da hatte sich Pablo ganz ehrenvoll gegeben, und ihr Sohn Carlos hatte sich auch schon auf die lange, beschwerliche Reise durch das Fruchtwasser gemacht. Als Maschinengewehrsalven die Aufschrift „El sur" (Der Süden, Anmerkung des Verfassers) auf der Glasfront von Marias Bar durchsiebt hatten, waren sie über Panama nach Madrid geflüchtet. Dort hatte Pablo keinen Namen als Jockey gehabt. Er hatte nur noch dunkle Geschäfte getätigt, die rasch zu groß, zu vage und zu risikoreich geworden waren. Weil Marias Familie in Barcelona lebte, war Carlos dort zur Welt gekommen. Als Maria erfahren hatte, daß Pablo nicht nur gedealt, sondern auch noch zur Prostitution gezwungene Frauen aus Tunesien und Marokko nach Spanien geschleust und sie dabei sozusagen intensiv betreut hatte, war ihre Grenze der Aushaltbarkeit überschritten gewesen. Noch vor ihrem Nervenzusammenbruch hatte sie sich scheiden lassen. Danach war Pablo finanziell äußerst großzügig gewesen. Maria hatte das schmutzige Geld abgelehnt, die in sie hineingespritzte Unmenschlichkeit der Psychiatrie hätte es ohnehin nicht aufwiegen können. Erst als Carlos aufgrund ihrer Nervenstürme in eine gut bezahlte Pflegefamilie nach Tarragona mußte, hatte sie das Geld angenommen. Das hatte dann richtige Nervenunwetter gegeben. Nur alle zwei Wochen am Sonntag hatte sie Carlos für ein paar Stunden besuchen können. Jeden zweiten Sonntagabend war sie wieder in die Psychiatrie nach Barcelona zurückgefahren. Jeden zweiten Sonntagabend hatte sie wieder ganz unten anfangen müssen, jeder Montag war wieder Tag Eins nach ihrem Zusammenbruch gewesen. Heute war Carlos zwölf und lebte in einem Internat bei London. Das hatte Pablo noch irgendwie bezahlt und arrangiert bekommen gehabt, bevor er ins Gefängnis gekommen war.

Maria kaute hastiger als Helena und rauchte neben dem noch halbvollen Teller schon wieder eine Zigarette. Hatte Helena ein halbes Glas Wein getrunken, war der Rest der Flasche in Marias Glas verschwunden. Spätestens an den Heiligen Drei Königen würde sie nach London fliegen. Maria konnte nicht sagen zum wievielten Male und holte die nächste Flasche Wein. Mit einem energischen Zug aus dem linken Handgelenk sprang der Korken unverfranst aus dem Flaschenhals. Auch Helena konnte nicht mehr weiteressen. Die Fragmente von Marias Geschichte lagen ihr wie Blei im Magen, die ständig wechselnden Formen und Falten von ihrem eng anliegenden Kleid flatterten Helena verstopfend durch die Kehle. Marias Haare hatten einen gleichmäßig seidenen Blauschimmer und waren sicherlich ein paar Jahre jünger als Helenas zerzauste Haarstruktur. Ihre Körperspannung und die daran geknüpften Bewegungen waren von graziler Anmut. Ihre Hände waren filigran schmal, hatten aber zugepackt. Das sah man selbst mit Tränenschleiern und im Angesicht von Breitseiten aus Zigarettenrauch und rußenden Kerzenschlieren.

Wenn Marias Oberstimme einen solch gurrenden Unterton bekam, dann schien auch sie nicht mehr am Zwischendrin zu nagen. Es wurde kühl im Raum. Maria schaltete den Gasofen auf die nächst höhere Stufe und setzte sich mit geöffneten Schenkeln auf den Schoß von Helena. Sie küßten sich. Weder behutsam noch vorsichtig fanden sich ihre Zungen zwischen den Lippen. Die ersten Kleidungsstücke flogen, der Stuhl rutschte unruhig hin und her. Als Maria Decken holte, waren sie schon nackt. Maria war nicht ganz nackt. Das Goldkreuz deckte einen kreuzförmigen Hautabschnitt oberhalb ihrer formvollendet festen Brüste ab. Auf dem Boden liegend gab es zwischen ihren Leibern bald keinen Platz mehr für ein Luftmolekül. Helena war hell, Maria war dunkel. Dazwischen leuchtete es.

Helena öffnete sich. Ihre Sinne zuckten erst einmal zurück, aber dann atmeten und saugten sie, sie fingen wild zu pulsieren an, und sie quollen wie Blütenblätter auf. Schwindelfrei wurden sie einem Höhenrausch entgegenkatapultiert. Sanfte Hände massierten sich dem Flächeninhalt ihrer Herzhöhe entlang, zitternde Hände vibrierten ihr die Flanken auseinander, heiße Hände schoben sich dampfend in sie hinein, hemmungslose Hände drückten ihren Po in das Gegenlicht ihres Unterleibes.

Heiß und laut klopfte das Blut durch ihre Adern. Helena wand sich hungrig um Maria, ihre Zunge massierte anschwellende Schamlippen, die rasiert waren. Helena war dort fast langhaarig, was Marias Zunge fast in den Stand einer Friseurin erhob. Kerzenlichter erloschen. Jene, die weiterbrannten, flackerten in heftigen Bewegungen geisterhaft durch den Raum, der an Sauerstoff verlor.

Maria erntete, Helena empfing, Helena säte und Marias Blüte umfing sie. Ihr Atem rasselte und flatterte. In Helenas Unterleib glühte etwas durch, was noch nie so gebrannt hatte. Ihre Brustwarzen kamen ihr doppelt so groß vor. Rittlings, von Marias Augen abgewandt, saß sie mit ihrer Scheide auf Marias Bauch und rieb sich wohlig gleitend bis zu ihren Brüsten hoch, während ihre Zunge in die frisch rasierte Scham von Maria eintauchte. Nicht ein Haaransatz bot ihr Widerstand, wie neugeboren glitt Helena schrankenlos weiter. Irgendetwas in ihr explodierte. Irgendetwas, was tief in ihr Rückenmark eingedrungen war und nun darauf abzielte, es komplett aufzulösen. Selbstmord und selbst Mord waren auch darunter. Marias Pobacken zuckten in Helenas Händen. Rhythmisch ließ sie sich entlang von Helenas Leib in das Nachbeben eines Urknalls treiben. Wie schwereloser Sternenstaub sanken sie wohlig auf sich zusammen. Und blieben dort. Wie eine Ewigkeit. Wie Kirschblätter legten sich Marias Haare um Helenas Brust.

Maria erhob sich, um neue Kerzen aufzustecken. Ihr ganzer Körper half mit, ihr ganzer Körper, der wie bei Helena auf ganz schmalen Fesseln wohnte. Maria reichte ihr eine brennende Zigarette, Helena küßte die Innenseite ihrer Schenkel, eine Landkarte der Seidenstraße. Sie schwiegen. Nichts fehlte. Sie spürten nach. Das Zurückgehen der prallen Flut bis zur annähernden Ebbe. Helenas Hand lag auf Marias Goldkreuz, das gleichmäßig auf- und abstieg. Marias Hand lag auf Helenas Bauch, der gleichmäßig auf- und niederströmte. Sie landeten, streichelten sich ihren Proportionen entlang in geschlossene Augen hinein.

Als Helena die Augen wieder öffnete, fragte sie Maria nach der naiven Malerei an der Wand. Warum. Maria lächelte wie Dornröschen in einer Dornenwand. Den achten Winter sei sie jetzt in Cadaqués und hätte im Laufe der Jahre festgestellt, daß man sich hinter dem Surrealismus Marke Dalí weder verschanzen noch dauerhaft verbergen könne. Dann sich lieber naiv und subgolden davondriften. Für knallfrontalen Surrealismus sei sie viel zu wenig abgehärtet. Trotz ihrer Vergangenheit. Dann doch lieber ein naives Bild an der Wand. Oder auch zwei. Im Surrealismus würden schon im anfänglichen Verlieben die letzten Worte zum Tode verurteilt sein. Diese bildlich dargestellte Wortlosigkeit wirke dadurch, daß die um Verhüllung ringende Psyche rigoros öffentlich an den Anfang gesetzt würde. Das sei ihr zu unverborgen lebensecht. Auf diesem schmerzhaften Stacheldrahtniveau wäre für sie keine Befruchtung möglich. Der Surrealismus sei ihr zu kompromißlos, zu brutal. Wenn man ihr jetzt eine krebsverwucherte Brust abschnitte, dann würde sie ohne Umwege im medizinischen Abfallbottich landen, direkt auf Körperteile jeglicher Art geworfen, die schon lange tot wären. Auf Krampfadern. Auf amputierte, stinkend verwesende Zehen. Auf Raucherlungen, deren Teergehalt die frisch abgeschnittene, krebsverwucherte Brust sofort durchdringen würde. Genau *das* würde der Surrealismus fast photographisch darstellen. Maria wollte sich dieses schonungslos blanke Entsetzen nicht auch noch bildlich vorführen lassen. Schon überhaupt nicht in ihren eigenen vier Wänden. Obwohl sie Dalís Bilder mochte. Für Maria war Dalí ein Schatz aus einer anderen Zeit, der morgen genau richtig wäre. Es bliebe also noch ein bißchen Zeit. Für Naivität. Obwohl Dalí den Himmel eines nicht existenten Gottes bereits schon mit den Fingerspitzen berührt hätte. Ob Gott oder Gottlosigkeit, das war Maria gleichgültig. Für sie schöpften beide Phänomene genau aus der gleichen Quelle. Es war die Angst.

Helena kuschelte sich enger um Marias Rücken. So zu liegen, fühlte sich wie von der Mittagssonne aufgeheizter Sand an, der von seichten, warmen Meereswogen sanft plätschernd umspült wurde. Das im Aufglühen Begriffene wurde gleichzeitig wieder streichelzart abgekühlt. Maria fragte sie, ob sie schon einmal in der Kirche von Cadaqués gewesen sei. Helena verneinte. Maria drückte sie von hinten noch enger an sich und meinte, daß sie vor ein paar Jahren gern einmal mit ihr dort gewesen wäre. In der Messe, die einmal im Jahr zu Ehren des Schutzheiligen der Fischer von Cadaqués abgehalten worden war, heute auch noch abgehalten wurde, aber eben nicht mehr so wie vor zehn Jahren noch. In den früheren Jahrzehnten wurden während dieser Messe lebendige Hummer an die Säulen des Hochaltars gebunden, die dann zum Takt der Musik ihre Scheren im Kerzenschein bewegt hatten. Dalí war ein großer Liebhaber dieser Messen gewesen.

Helena hätte Lust gehabt. Wenn auch schaudernd. Ihre Lust hatte jetzt jedoch alles andere als eine aufgeknüpfte Hummerform, die sich wie ein Scherenschnitt durch Licht, Musik und durch die gebannten Blicke von Dalí bewegte. Maria lachte und drehte sich um. Bauch an Bauch polsterten sie sich porenweitend in den Schlaf, der durch ihren Schweiß verklebte.

Als Helena erwachte, roch sie Gas und frischen Kaffee. Sie blinzelte auf das Fenster zu, die Wintersonne war auf ihrer flachen Umlaufbahn noch nicht sehr weit gekommen. Maria lag nackt neben ihr und betrachtete sie. Durchdringend und auch traurig. Sie küßten sich, die Spitzen ihrer Brüste berührten sich zärtlich. Maria würde bald gehen, ihren Hutladen aufmachen. Vielleicht noch ein schnelles, sicherlich auch gewürgtes Frühstück, ja - und dann? Fast trotzig umarmte Helena Maria. Jede Hautfaser drückte ganz fest zu, immer mehr neue Hautfasern schienen erst noch entstehen zu wollen. Sie blieben einfach so, ein winterliches Standbild, das irritierend wogte. Das Goldkreuz von Maria war nicht mehr so metallisch kalt, war schon fleischlich warm geworden. Unverrückbar war es zwischen ihnen festgeatmet.

Das Telefon schrillte, auch am Hörer blieb Maria nackt. Die Madonna von Port Lligat, dachte Helena. Es war Carlos, der aus dem Internat bei London anrief. Schneeregen in England. Natürlich, auch dort Silvester. Eine Party mit ein paar Freunden in der Innenstadt, so wie letzte Nacht auch. Nein, geschlafen habe er jetzt noch nicht. Er sei ja noch jung. Das Feuerwerk? Ja, vielleicht von der Tower Bridge aus. Wie bitte, warum solle er heute mehr kiffen als gestern? Eine bemutternde Ausfragerei also. Natürlich habe er Kondome bei sich. Immer. Auch mit zwölf, fast dreizehn wäre das Leben so einfach nicht. In ein paar Tagen würde man sich ja sehen. Die Verbindung war weg. Maria ließ den Telefonhörer fallen. Er baumelte kalt und leblos zwischen ihren Schenkeln herum.

Helena zog sich widerstrebend an, sie hatte einen dicken Kloß im Hals. Da würde nicht viel von dem dickschwarzen Kaffee, den Maria gerade servierte, durchkommen. Sie hustete schon, als sie daran roch. Silvester also. Was machte jetzt im Moment ihre Tochter? War ihr Sohn auch gerade mit der Zwischenwelt von Kondom und Haschisch beschäftigt? Sie würde nachher anrufen. Dann könnte sie auch sprechen. Jetzt war alles tonlos. In den Augen von Maria sammelten sich Tränen wie in einem Weihwasserbecken. Unter der Hutkrempe ordnete sie im Spiegelbild ihre Haare. Sie sahen sich nicht mehr an, als sie zusammen die Wohnung verließen. Marias Hutladen lag direkt an der westlichen Uferpromenade. Das frisch ausgeschlafene Meer brandete über die Uferbefestigung hinweg, die Uferstraße war schon ziemlich überschwemmt. Der starke Wind rüttelte an Fensterläden, die zumeist noch geschlossen waren. Einzelne Böen schnitten tief in Helenas verrauchtes, vergastes und mit Tränen verschmiertes Lungenvolumen hinein. Mit einem verrosteten Schlüssel öffnete Maria den Rolladen zu ihrem Geschäft. Helena schaffte es nicht mehr, mit hineinzugehen. Ihr Abschied zerrann wortlos, sie küßten sich auf den Mund. Helena hatte den Geschmack von Kastanien auf der Zunge. Maria verschwand im Dunkeln des Ladens wie in der offenen Tür eines Güterwagens auf einem Verschiebebahnhof.

Draußen vor dem Café am Meer saßen um diese Tageszeit nur ein paar Einheimische. Ihre Präsenz wurde durch dicke Winterkleidung und tief in das Gesicht gezogene Mützen verhüllt. Die Haut von Helena fror. Alles, was darunter lag, pochte glühend. Die Morgensonne mühte sich redlich, genau dort die Balance zu finden. Der immer wieder stark auffrischende Wind ließ das nicht zu. Der lauwarme Milchkaffee schmeckte nach Marias Haut. Die Wasseroberfläche in der Bucht hatte Schaumkronen, die Helenas Blick durch ihre Tränen hindurch kräuselten. Maria war nur ein paar Schritte um die Ecke, aber Helena konnte nicht aufspringen und hinrennen. Zumindest jetzt nicht. Sie mußte raus hier. Sofort. Sofort wußte sie auch, wohin.

Von der nächsten Telefonzelle aus rief sie ihre Kinder an. Ihre Tochter Emily war schon wach und schrieb Bewerbungen für die Modebranche. An Silvester? Ja, vielleicht würde sie das um Mitternacht herum immer noch tun. Auf jeden Fall küsse sie tausend Mal zurück. Ihr Sohn Jakob nahm nicht ab, er schlief wohl noch. Klar, für ihn war jeder Tag wie Silvester. „Adiós Cadaqués", sagte Helena laut, als sie die Serpentinen zur Paßhöhe hochschlitterte. Bis Tossa de Mar lagen knappe hundert Kilometer vor ihr. Von Marias Standort aus würden dann tausende von Kilometern hinter ihr liegen. Sie gab Gas. Sie lenkte sogar. Sie hatte richtig etwas zu tun.

Der aus Helenas Augen geflogene Kindheitstraum hatte nie den Hauch einer Chance gehabt, zumindest in den Augenwimpern hängenzubleiben. Helena war schon ganz früh ein Bild gewesen. Und schlimmer: Noch davor hatten schon die ganzen Rahmen mit Anwesenheit geglänzt gehabt.

Brüchiger Asphalt, den sie jetzt unter sich vorbeischießen ließ, schmiegte sich ungeborgen an das Zurückgelassene. Die Landschaftszüge fielen wie gläserne Klingen durch die staubige Frontscheibe. Von Zeit zu Zeit streifte Helena Meerränder in Steillagen. Und Marias Angesicht im Rückspiegel. Was war nach Gianni gewesen?

Nach Gianni war ein großes, schwarzes Loch gewesen. So groß und so schwarz, daß sich Helena nicht einmal ansatzweise an Details oder gar Gesamtzusammenhänge erinnern konnte.
Die Anfangszeit nach Giannis Ende. Neue Anfänge brachen sie. Von alten Enden wurde sie wieder notdürftig zusammengeflickt. Suchte sie genau dort nach sich, lagen nicht einmal mehr Scherben oder Nähte herum. Ein vor sich hinsterbendes Klavier mußte die noch lebenden Töne hinter sich herschleppen. Die mit spitzen Winkeln konstruierten Grundmauern bekamen stumpfe Winkel, wurden zu weit ausladend und stürzten ein. Der Mund war ihr komplett in die Kehle gerutscht. Das sprach sich dort dann logischerweise schnell herum. Tag für Tag würgte sie ihn auf und ab, mit dem Effekt, daß ihr Mund noch tiefer rutschte. Das Ausharren brannte, jede Fortbewegung fror fest, ihr Sicherungskasten war nur noch ein Feuerwerk von Knallfröschen.
Wie war einem großen, schwarzen Loch mit knalligen, bunten Farben beizukommen?
In Stuttgart wollte Helena damals auf keinen Fall bleiben. Schon gar nicht unter dem Dachbalken, der Giannis Strangulation standgehalten hatte. Über Freunde bekam sie in der Nähe des Bodensees eine günstige Mietwohnung. Gianni hatte vorgesorgt gehabt, sie mußte nicht gleich arbeiten gehen. Das, was von ihr übrig geblieben war, steckte sie wie eine scheinbar prall gefüllte Nabelschnur in ihre zwei Kinder hinein. Würde sie damals ein Baum gewesen sein, dann wäre sie viel zu gefällt gewesen, um noch in sich gespalten zu sein. Es gab nur diese eine Richtung. Jede Dämmerung hatte keine Entfernung mehr. Ihr Herz suchte noch nach ihr, aber Helena hatte die Suche nach ihrem Herz aufgegeben. Waren da Menschen mit Gefühl, dann war das wirklich kein Problem. Ähnlich wie Dalí hatte sie sich eine beliebig verschiebbare Vergangenheit angeeignet. Nur ihre Kinder blieben davon verschont. Waren sie einmal über Nacht bei Freunden, in einem Ferienlager oder mit Verwandten in der Wilhelma in Stuttgart, dann schloß sich Helena in ihrem Zimmer ein. Dort tapezierte sie den Boden mit Giannis Bildern und wässerte das freskenhafte Mosaik mit Tränen. Manche Arbeiten von Gianni verschwammen dadurch, da er in seinen Elektroschockjahren immer häufiger den Fixierer vergessen hatte. Sie schrie, sie tobte, sie randalierte, aber das Zimmer blieb ein großes, schwarzes Loch. Waren ihre Kinder weg, fand sie nicht den Hauch einer Farbe in sich. Jakob und

Emily fragten sie oft danach, aber Helena schaffte es nicht, auch nur ein kleines Bild von Gianni in den Zimmern aufzuhängen. Kraft gab ihr das Lachen ihrer Kinder, das Ungestüme ihrer Bewegungen, die Unschuld, mit der sie lernten, nicht nur Sprache, sondern auch Schimpfwörter zu gebrauchen. Kraft gab ihr die absolute Reinheit ihres noch sogenannten naiven Wissens. Das wie unter den Himmel gehängte, stark verdunkelte Meer in ihr bekam dadurch leichte Aufhellungen an den äußeren Trauerrändern. Hatte es das schon einmal gegeben, vor ihren Kindern, vor Gianni? Davor hatten doch die Abendsterne wie atomar verseuchte Seziermesser auf sie eingestochen gehabt. Jede drohende Dunkelheit mußte nie vergeblich auf die Unvergänglichkeit warten.

Gianni war tot. Und daß davor ihr Vater irgendwann damit fertig gewesen war, sich stinkend über sie zu beugen und tödlich in ihr Leben zu dringen, spielte keine Rolle mehr. Sie kotzte am laufenden Band, und da in ihr nichts mehr war, kotzte sie sich selber aus sich heraus. Wie hätte sie sich jetzt auch dickbauchig gegen sich selbst wölben können, um wieder eine Form zu bekommen, die sie gehabt hatte, als sie noch im Besitz ihrer Unschuld gewesen war?

Jakob und Emily waren in die Schule gekommen. Helena bekam eine Halbtagsstelle als Sekretärin und Übersetzerin bei MTU in Friedrichshafen. Immerhin sprach sie sehr gut Englisch und Französisch, fast perfekt Italienisch. In ihrer voralpenländisch dörflichen Umgebung waren sie als Familie geschätzt und integriert. In vielen schlaflosen Nächten faßte sich Helena ganz dual an ihre Brüste, die niemand mehr berühren durfte. Sie mußte auf diese Art und Weise wieder spüren lernen, daß sie zwei Hände hatte. Daß jede Hand eine Brust zwischen den Fingern hielt. Daß ihre Finger mit der Zeit nicht mehr so zitterten. Helena hatte genug Stoppuhren abgelaufen gehabt. Jetzt war sie nicht mehr nirgendwo, zumindest wieder irgendwo. Ein Hauch von farbigem Schimmer benetzte ihre Starre. Ihre zwei Kinder waren die ununterbrochen malenden Pinsel. Als Helena bewußt realisierte, daß das schwarze Loch tatsächlich farbdurchlässig wurde, packte sie eines Nachts das bildnerische Gesamtwerk von Gianni in den Kofferraum und auf den Rücksitz ihres Autos. Sie fuhr zum See hinunter, entzündete ein Feuer, und bis zum Morgengrauen waren aus Giannis Bilderwelten, und auch aus seinem Bild, ein glühender Aschehaufen geworden. Ab da konnte sie ihn zum ersten Mal wieder zärtlich lieben. Die Verzweiflung war im Aschehaufen geblieben. Ab da hatte sie zum ersten Mal wieder das Gefühl, frische Hemden tragen zu müssen. Aus weißem Marmor. Mit einem Kragen aus rotem Buntsandstein. Irgendwann würde sich das schon in ganz normale Baumwolle oder Seide verwandeln können. Ab da konnte sie mit Emily und Jakob endlich wieder nach Turin und Genua zu den Eltern und Verwandten von Gianni fahren. Am italienischen Meer, unter von der Sonne beleuchteten Tüchern, war der Himmel nur noch transparent verhangen. Der Silberstreif am Horizont war vergewaltigungsimmun geworden. Ihre Kinder brachten ihr Seesterne, Miesmuscheln und Meeresschnecken von den Beutestreifzügen über winterliche Strände mit. Im Wohnzimmer von Giannis Eltern stand auf der Umrandung des offenen Kamins ein Photo von Gianni. Sie konnte danach greifen und es küssen. Ausgelassen rannten Jakob und Emily ihren eigenen Fußspuren im Sand hinterher. Auch die messerscharf gezackten Gipfel in Helenas Alptraumbergen verschwammen mit der Flut. Helena fühlte sich nicht mehr getrieben, konnte sich plötzlich treiben lassen. Gleichgültig wohin. Hauptsache, die Strömung war da. Sie fragte sich, ob sie mit den Kindern nicht einfach bleiben sollte. Das Dolce Vita, das Lebensgefühl der Italiener, erschien ihr heilender als die quadratisch-praktische Schwabenmentalität vor einer niedlichen Bodenseefassade.

In den Serpentinen nach Tossa hinunter mußte die Lenkung Zuverlässigkeitsüberstunden machen. Helena fuhr nun einmal gerne schnell. Unter ihr tobte die Costa Brava wirklich wild gegen die steil ins Meer fallenden Felsengärten. Die Winterfarben des Mittags plusterten sich durchdringend auf. Ein Meer aus blühenden Agavenstämmen bohrte Löcher in die federleichte Himmelsabdeckung.

In Tossa parkte Helena am Fuß der über der Stadt thronenden Burganlage. Die Türme und Befestigungsmauern ließ sie jedoch linker Hand liegen und stieg parallel dazu eine schmale Gasse hoch. In Deutschland war jetzt Winter. Hier blühten in Hauseingängen, auf kleinen Balkonen oder einfach die Hauswände hinauf und hinunter hunderte von Topfpflanzen in bunt bemalten Töpfen, überall trocknete Wäsche lautstark flatternd im Wind. Im Gegensatz zu Cadaqués begegnete Helena hier kaum einem Touristen. Am Ende der Gasse, ganz oben angekommen, mündete das Kopfsteinpflaster in einen steinigen Pfad, der steil nach unten fallend in die tosende Fischerbucht führte. Je ein Felsmassiv auf jeder Seite grenzte den offenen Blick auf das Meer hinaus zu einem Ausschnitt ein. Der Windschutz der dichten Häuserwände war weg. Helena stand frei aufliegend in einem wild durcheinanderwirbelnden Böengeflecht. Unter der tiefstehenden Sonne duckte sich gleißend der Horizont. Wie Pfeile schossen Möwen in den Ausblick. Unten in der Bucht waren alle Fischerboote weit auf den steinigen Strand hinaufgezogen und sorgsam vertäut worden. „El pirata", der „Pirat" hatte selbstverständlich offen. Die Bar lag schräg an die Anhöhe gelehnt. Helena hatte dort nicht zum ersten Mal Silvesternächte verbracht. Draußen vor der Tür, an schmalen, schlichten Holztischen sitzend, war es windgeschützt. Im Angesicht des brüllenden Meeres wurde ihr langsam warm. Pedro, der Wirt, war nicht da. Seine Tochter bediente den Hunger von Helena mit gegrillten Sardinen und einem katalanischen Salat. Dazu Oliven und Weißbrot. Als Helena glasklar zerrissen an Maria dachte, bestellte sie zum bereits bestellten Milchkaffee einen Pastis und ein Bier dazu. Dafür erntete sie von der bedienenden Tochter einen mitleidigen Blick. Sie verstand ihr Metier. Maria würde gerade den Hutladen zur Siesta schließen und dann in ihrer betonmärchenhaften Wohnung in ein leeres Bett fallen. Vermutlich nicht einmal nackt, aber zumindest ohne Hut. Irgendwie war da bei Helena ein Seelenschlund zum Muttermund gefahren. Und das beileibe nicht nur körperlich. Es ging tiefer. Direkt in den Felsengrund eines wunden Herzens, welches hart vernarbt gewesen war. Seit ein paar Stunden fühlten sich die Narben weicher an.

Realistisch denken – surrealistisch fühlen.
Surrealistisch denken – irrealistisch fühlen.
Irrealistisch denken – überhaupt nicht mehr fühlen?
    Für Salvador Dalí war es wohl nicht so verworren gewesen. Für ihn war der Surrealismus ein legitimes Mittel zur Flucht. Zur Flucht nach vorne. In die Über-Realität. Der Gegensatz zwischen innerer und äußerer Welt, zwischen rational und irrational, zwischen real und surreal mußte weder durchbrochen noch krampfhaft und damit krankhaft ausbalanciert werden. Ganz im Gegenteil. Der Gegensatz mußte unbedingt aufrecht erhalten werden. Nur so konnten Gegenwärtigkeit und Zukunft, Paradies und Hölle, Innen- und Außenwelt in eine Über-Realität hineinverschmelzen.

Nur dort lag die Zukunft, nur dort lag die Synthese der Gegensätze, nur dort lag das Paradies.

Schon während der Blütezeit seines bildnerischen Schaffens legte Dalí sehr viel Wert auf seine betontermaßen eigene Feststellung, daß er auf jeden Fall der bessere Schriftsteller, nicht der bessere Maler sei. Auf dem Gipfelpunkt seines surrealistischen Sturm und Dranges hatte er seltenst Hemmungen, in aller Öffentlichkeit einzuräumen, daß er seine eigenen Bilder nicht verstehen würde. Natürlich mit dem Zusatz, daß dies notwendigerweise auch nicht so sein müßte. Im Surrealismus. Wenn er in Port Lligat zwölf bis sechzehn Stunden übergangslos täglich Tag und Nacht bemalte, dann ließ er dabei auch eine Unsumme von durcheinandergekritzelten Notizen auf jeglicher Art von Tisch zurück. Die Wände wurden zu einem Tisch, der Boden wurde zu einem Tisch, das Sofa wurde zu einem Tisch. Seine Frau Gala machte sich dann in vielen schlaflosen Nächten die Mühe, dieses wilde Sammelsurium an selbstmythologisierenden Erkenntnissen zu ordnen, aneinanderzureihen und in literarisch verwertbare Formen zu bringen. So in etwa mußte auch die 1942 erschienene Autobiographie „Das geheime Leben des Salvador Dalí" entstanden sein. Helena hatte sie gelesen und fand, daß sie das bis dahin achtunddreißigjährige Leben von ihm noch mehr verschleierte. Schemenhaft, mit Widersprüchen gespickt und bewußt verfremdet war es bis zum Erscheinungsdatum seiner Autobiographie ohnehin schon gewesen. Und nun das. Beim Lesen beschlich Helena das Gefühl, daß das Buch so geschrieben worden war, als ob sein Autor nie gelebt gehabt hätte. Nach der Lektüre der vermeintlichen Geheimnisse war Helena sich sicher, daß Dalí in einen großen Spiegel geschaut hatte, jener aber nur eine kleine Maske reflektieren durfte, die dann das Gesicht von Dalí zu sein hatte. Interessanterweise trug sein zwei Jahre später veröffentlichter Roman den Titel „Verborgene Gesichter". Interessanterweise schien er wesentlich autobiographischer zu sein als die davor erschienene Autobiographie. In dem Roman tauchten so ziemlich alle Personen auf, die in Dalís Leben bis dahin eine große Rolle gespielt hatten. Freud und Wagner. Vermeer und Raffael. Leonardo und Böcklin. Hitler und Nietzsche. Selbst der Telefonhörer von Barbara Stevens, so wie ihn Dalí zehn Jahre vor dem Erscheinen des Romanes in Hummerform für sie entworfen gehabt hatte, fehlte nicht. Die beiden Hauptfiguren des Romanes, Grandsailles und Solange de Cléda, spielten ganz sicher autobiographisch in Dalís und Galas Wirklichkeit herum. Natürlich wurde in dem Werk mit der französischen Lethargie, die zwischen dem Spanischen Bürgerkrieg und der Machtergreifung durch Hitler in der Luft zerplatzen hätte müssen, deftig abgerechnet. Aber zwischen allen politisch-soziologischen Zeilen tobte sich doch vornehmlich die Beziehung zwischen Gala und Dalí aus. Auf Seite 184 stand da zum Beispiel: „Friedhof der Elenden, die durch Liebe dem Wahnsinn anheimfallen." Auf Seite 327 stand da zum Beispiel: „Wir lieben und wissen nicht, wen wir lieben." Grandsailles und Solange de Cléda hatten ungeachtet der Seiten 184 und 327 einen dringenden Kinderwunsch, der sich jedoch im Gesamtwerk nie vollziehen ließ. Gala hatte zwar eine Tochter aus ihrer ersten Ehe mit Paul Eluard, aber zusammen mit Dalí war kein Kind möglich. Schon 1932 war Gala die Gebärmutter entfernt worden. Da war Dalí gerade einmal achtundzwanzig gewesen, eine Zeit, in der sich die Glut seines Schaffens noch ununterbrochen weiterbefruchtet hatte. Eine Zeit, in der seine Kälteberechtigung noch wesensfremd gewesen war. Gerade drei Jahre war er da mit Gala zusammengewesen, und vielleicht hatten sie 1932 einfach noch nicht an gemeinsame Kinder gedacht gehabt. Als das Drama um Grandsailles und Solange de Cléda über ein Jahrzehnt später veröffentlicht wurde, war Gala jedenfalls um die fünfzig Jahre alt, und ihr fehlte die Gebärmutter. In den „Verborgenen Gesichtern" erreichte Grandsailles seine einzig wahre Liebe Solange schlußendlich nicht, und Solange zerbrach schlußendlich an der unerfüllten Liebe zu Grandsailles. Was war da mit Dalí passiert?

Auf Seite 149 im selben Buch schrieb er: „Das ist der Mensch! Rücken aus Blei, Geschlechtsorgane aus Feuer, Ängste aus Glimmer, chemische Herzen aus den Televisionen des Blutes und Schwingen – immer wieder Schwingen, der Norden und Süden unseres Seins!"

Schon 1922 hatte Federico García Lorca fast prophetisch behauptet gehabt, daß Dalís Zukunft nicht in der Malerei, sondern im reinen Roman liegen würde. Selbst kurz vor seinem eigenen Tod betonte Dalí nochmals explizit, daß er als Maler nicht so gut wie als Schriftsteller sei. Vielleicht wäre es einfach an der Zeit, dachte Helena bei sich, Dalí nicht nur als großen Maler, sondern auch als einen großartigen, nicht einmal spezifisch surrealistischen Schriftsteller zu ehren. Der Roman „Verborgene Gesichter" war für Helena unbedingt ein Meisterwerk, welches, nur rein literarisch betrachtet, eine internationale Anerkennung verdient gehabt hätte.

Helena schreckte hoch. Eine abgerissene Gestalt in einem Mantel mit über den Kopf gezogener Kapuze bettelte sie an. Der im flüssigen Spanisch vorgetragene deutsche Akzent flatterte wie ein männlicher Nadelstreifenparcours in ihre Abwesenheit. Helena verriet ihre staatliche Zugehörigkeit nicht. Sie bestellte ihm ein Bier, bezahlte und ging. Die abgerissene Gestalt rief ihr laut protestierend auf Deutsch hinterher, aber da war Helena schon fast ganz unten in der Fischerbucht, sozusagen auf der Startrampe in einen goldverklebten Nachmittagshimmel. Sie ging am rechten Felsmassiv entlang. Am Anfang war da noch ein ausgetretener Pfad. Danach hüpfte und balancierte sie von Stein zu Stein, über klaffende Felsspalten hinweg, in denen es röchelnd gurgelte, so als ob sich ein verwesender Atem ihrer bemächtigen wollte. Dann hüpfte und sprang sie noch schneller. Trotz des kalten Seewindes schwitzte sie. Ihr war schwül. Selbst ihr Unterleib klopfte noch die letzte Nacht ab. Hier draußen war niemand. Knapp über Meereshöhe stand sie plötzlich vor einem großen Becken. Auch unter Wasser waren die Beckenränder mit leuchtend gelben Flechten abgedichtet, hier war folglich also nicht immer Wasser. Ganz weit draußen bohrte sich ein großer Tanker in eine Dünung hinein, die Helena von ihrem Becken aus nicht mehr sah. Der Wind nahm noch zu. Helena hatte Mühe, die Fetzen ihrer Haare aus dem Blick zu halten. Sie zog sich aus und kniete in das Becken. Dann legte sie sich auf den Bauch, erst vorsichtig, dann sich durchbiegend bis auf den Grund. Das Wasser war eiskalt. Ihr war nach Zusammenkauern, dennoch breitete sie ihre Arme weit vom Körper gestreckt in Richtung der Beckenränder aus. Erst jetzt ergriffen ein paar kleine Krebse die Flucht. Von oben mußte Helena wie ein nacktes, weißes Kreuz in einem mit graubraunem Gestein und gelben Flechten dekorierten Felsenbecken aussehen. Gar nicht unsurrealistisch sah das aus.

Sie erhob sich und stellte sich auf der Klippe in den Wind. Nach Süden hin stellte sie sich. Auf irgendeiner Klippe an der wilden Küste. Silvester 1989. Mit einer schon warmen Hand umfaßte sie ihre Brust. Die gerade eben noch eiskalten Stromstöße überhitzten sich übergangslos. Helena schoß das Blut bis in die Haarwurzeln hinauf. Diese eine Brust hielt sie fest, streichelte vom

Wind, vielleicht vom Schicksal, ganz bestimmt von der letzten Nacht verführt über die Warze. Mit der Garantiekarte für stark anschwellende Vorhöfe riß sie keuchend die kalte Luft in sich hinein und atmete sie durch die Hintertür ihres Venushügels seufzend aus. Maria hatte etwas entfacht, was lange brach gelegen war. Sie hatte Hunger, sie hatte Durst, sie hatte Lust. Über dem vliesgekräuselten Wellenteppich hatte sie hin und her wogend den nahenden Untergang der Sonne im Blick. Nichts drang in sie ein, jede Pore schöpfte gierig nach Luft. Ihr Gestern war wie weg, ihr Morgen längst noch nicht da. Hier war sie jetzt. Vogelfrei, schmerzentzerrt, losgelöst, lustüberströmt. Weit ausholend streichelte Helena den Winterwind entlang ihres Beckens zu ihrem dicht behaarten Schoß hinunter. In ihr verschwammen Korallensplitter, wurden aufgeweicht, glitten weiter, verloren ihre scharfen Konturen. In ihrem Schoß paarten sich weit auslaufende Zuckungen mit der herandonnernden Meeresbrandung. Ihre Beine zitterten. Sie sank auf die Knie. Die untergehende Sonne errötete, als sie die Horizontlinie berührte. Helena stöhnte laut auf. Ihre Haut flatterte auseinander. Ihr Körper quoll von innen nach außen auf.

Sie verharrte, bis sie fror. Das hatte ihr noch gefehlt. Die Wiedergeburt. Lebenslichterloh kleidete sie sich mit ihren alten Klamotten neu ein. Der Wind rauchte ihr die Zigarette weg. Von Blick zu Blick wurde es dunkler. Ihre ganzen Zwischenwelten vibrierten.

Als sie sich zurückbalancierte, sah sie die Felsstrukturen unter ihren Beinen so gut wie nicht mehr. Sie verließ sich auf ihr Gefühl. Ihr innerer Sturmmelder tickte fröhlich. Eine Art von Melodie, die Helena noch nie gehört hatte, aber rasch mitsummte.

Das Jahr, in dem Dalí gestorben war, hatte noch zwei Stunden. Helena hatte gut gegessen. Gut gegessen hieß - in Frieden mit sich, was in den letzten Jahren sehr selten vorgekommen war. Sie merkte es daran, daß sie überhaupt keine Eile beim Essen gehabt hatte, obwohl sie allein war. Vom Restaurant aus stieg sie wieder die Gasse Richtung Fischerbucht hoch. Der „Pirat" lag längst schon im Dunkeln. Unterhalb seiner Fundamente brüllte sich die Bucht heiser. Wie gesagt, es war nicht Helenas erste Silvesternacht, die sie dort jetzt verbringen würde. Pedro, der Wirt, hatte sie schon häufiger mit Handschlag begrüßt gehabt. An Silvester lag in der freibeuterisch verrauchten Luft der Bar immer eine seltsame Stimmung. Pedro hatte einerseits offen, was die naheliegende Vermutung zuließ, willkommen zu sein. Andererseits war an Silvester auch seine ganze Familie dort, seine Frau, sein Kind, die Eltern seiner Frau und der Hausfreund samt Hauskatze. Trat man dann durch die Tür, sah Pedro einen mit verkniffenen Augen an, die Jahr für Jahr den gleichen Satz wortlos abspulten: „Nicht schon wieder ein Silvestereinbrecher in meinem Familienkreis!" Und wenn an diesem Tag dann noch so Leute wie Helena womöglich häufiger wiederkamen und sich beim Eintreten in die Bar sofort so benahmen, als seien sie nach einem langen Urlaub in ihr eigenes Wohnzimmer zurückgekehrt, dann wurde sein Blick erst einmal richtig verschlagen. Dann legte er widerwillig eine Musik auf, die nicht einmal ansatzweise ein minderwertiges Qualitätssiegel verdient hatte. Natürlich ertappte sich auch Helena dabei, daß sie in ihr eigenes Wohnzimmer zurückgekehrt war. Sie mußte nur dem automatischen Lauf ihrer Gedanken folgen:

„Pedro hat nicht unerheblich zugenommen."

„Die neue Lampe über *meinem* runden Stammtisch ist geschmacklos."

„Die Katze hat nicht nur nicht unerheblich zugenommen, sondern ist richtig fett geworden."

„Pedro scheint seine Frau jetzt ganz zu ignorieren. Vielleicht liegt es daran, daß sie sich mit dem Hausfreund zunehmend verschwörerisch gut versteht."

„Das Volumen der Schallplattensammlung ist in etwa gleichgeblieben."

„Pedros Frau scheint magersüchtig geworden zu sein."

„Die Großeltern füttern ihre Enkelin inzwischen so, wie man Gänse stopft."

„Der Fernseher ist neu, aber es ist noch der gleiche Christbaumschmuck."

„Auch die Silvestershows im spanischen Fernsehen sind richtig niveaulos geworden."

„Vielleicht hat sich Pedro verändert. Aber der Pirat mit all seinen Schiffslampen, mit all seinen seeräuberischen Schwarzweißzeichnungen an den Wänden und mit all seinen in Miniatur nachgebauten Segelschiffen ist der Pirat geblieben."

Pedro begrüßte Helena mit Handschlag, ohne eine Miene zu verziehen. In einer Ecke der Bar saß die vermummte Kapuzengestalt, der Deutsche, welcher sie am Mittag angebettelt hatte. Seitdem mußte er noch ziemlich viel Bier spendiert bekommen haben. Überschwenglich Deutsch lallend fiel er über den freien Platz neben Helena her. Sie ließ ihn eiskalt abblitzen. Da er das in seinem bierüberschwemmten Kopf offensichtlich nicht sogleich verstand und auch später ganz bestimmt nicht verstehen wollte, schrie ihn Helena auf Spanisch an, daß er verschwinden sollte. Dies nahm Pedro sofort zum Anlaß, ihn fast handgreiflich in die dunkelste Ecke der Bar zurückzuschieben. Von dort aus spürte Helena zwei Glutkohlenaugen auf sich fixiert, die unter einem äußerst aggressiven Spannungsbogen zu flattern anfingen. Helena bedankte sich bei Pedro, wechselte den Platz am runden Tisch. Jetzt hatte sie die Glutkohlenaugen im Rücken, der sofort wunderbar vergeßlich wurde. Im Grunde saß sie jetzt dem Fernseher gegenüber, aber nur die Katze sah wirklich hin. Pedro schaute nicht mehr ganz so maskenhaft grimmig drein und legte sofort bessere Musik auf. Seine Tochter stellte sich stumm vor Helena hin und blickte sie mit großen, pechschwarzen Augen an. Das Kontrastmittel kam von ihren ungewöhnlich blonden Locken, die sich zwischen ihren schmalen Schultern dynamisch eingerollt hatten. Sie war vielleicht acht oder neun, schaute aber mit einem Blick, der an Helenas Alter nicht weit vorbeiging. Helena strich ihr durch die Locken, aber die Kleine lächelte nicht. Sie trat einen Schritt vor, drückte fest Helenas Hand und setzte sich zur Katze vor den Fernseher.

 Helena bestellte einen Pastis und prostete ihren zwei eigenen Kindern zu. Alleinsein war schön. Schmerzhaft schön. Draußen, hinter dem Fenster, rieselte eine Sternensintflut vom Himmel. Der gegen die Fensterscheibe anbrausende Wind verzerrte Helenas sich entstarrendes Gegenüber im Spiegel. So konnte ein zweidimensionales Zitterbild einen schon einmal nachhaltig in die dritte Dimension verschicken. Aber auch dort lächelte im Moment niemand.

 Helena bestellte einen Pastis und prostete Maria zu. Maria würde es sich heute Nacht geben. Keine Minute würde das Goldkreuz über ihren hohen, festen Brüsten zur Ruhe kommen. Erst in der Morgendämmerung würde es sich auspendeln können. Helena überfiel die schallend laute Sehnsucht, rhythmisch mitzupendeln.

 Helena bestellte einen Pastis und prostete Gianni zu. Gab es ein Schlaraffenland hinter Schneegittern? Im amerikanischen Exil hatte Dalí ein Lippensofa entworfen gehabt. Dort wäre Helena jetzt gern gesessen. Mit Gianni. Und hätte ihn gern geküßt. Tränen flossen über Helenas gerötete Wangen, sie schrieb ein paar gedankenlose Zeilen in ihr Tagebuch, Pedro legte „Wish you were here" von Pink Floyd auf. Das war das Unschätzbare an ihm. Erst wollte er sie nicht hier haben, doch wenn sie schon einmal da war, dann begleitete er sie aufopfernd sensibel. Deshalb kam Helena in der Silvesternacht gern hierher. Pedros Frau und ihre Eltern schauten schon abweisend zu Helena herüber. Sie kannten diese sensitive Eskalationsspirale schon.

Helena vermißte Emily und Jakob wie ein Körperteil, der sich schleichend von ihr abgewandt hatte. Klar waren sie jetzt beide in einem Alter, in dem man Silvester nicht mehr mit seiner alten Mutter verbrachte. Beide waren sie groß, kräftig, gesund und nicht so leicht von ihren eigenen Sturm- und Drangphasen umzupusten. Helena hatte Grund, sich auf die Schulter zu klopfen. Und sie klopfte auf die Schultern von Gianni. Natürlich war er einfach gegangen, und Helenas Leere war mehr als vorübergehend absolut. Später, als sie mit Jakob und Emily über Gianni reden konnte, waren ihre Kinder es gewesen, die aus Leibeskräften anfingen, darum zu kämpfen, den von Gianni hinterlassenen Grautönen Farben einzuhauchen. Sie waren es, die Helena eine Spur legten und dafür sorgten, daß die Leere in ihr nie wieder ganz allein war. Sie wuchsen an dieser Aufgabe, bekamen Konturen, hatten ein Ziel vor Augen, das sie nicht mehr verlassen wollten. Jakob und Emily ehrten ihren Vater, indem sie ihm nie einen Vorwurf machten.

Damals, als Helena ihr Elternhaus als Punkerin verlassen hatte, war ihr Vater nicht da gewesen. In der Frühe war er zur Arbeit gegangen. Und dann hatte sie ihn nie wieder gesehen. Da war keine Erleichterung gewesen, kein Schlußstrich, keine Rückkehr der Tränen, da hatte sich keine Verkürzung der Entfernung zwischen ihr und ihr eingestellt gehabt. Öffnungszeiten hatte nur noch die Leere gehabt, die nicht einmal fühlbar leer gewesen war. Nichts mehr, was sie wirklich gestört hatte, weil sie wahrhaftig wirklich zerstört worden war. Ab und zu hatte sie noch mit ihrer Mutter telefoniert gehabt, die zwangsläufig auch von ihrem Vater erzählt hatte. Daß er sich ziemlich rasch nach Helenas Flucht aus dem elterlichen Haus hatte scheiden lassen. Daß er für seine Firma einen Auftrag in Tunis angenommen hatte. Daß er sich nie wieder gemeldet hatte. Bis heute war ungeklärt, ob er noch lebte oder nicht. Wäre Helena ihm damals auf offener Straße begegnet gewesen, hätte sie ihn womöglich auch ebendort erschossen gehabt. Heute würde sie wortlos an ihm vorbeigehen? Nicht in eine Seitengasse abtauchen, sondern auf der Hauptstraße bleiben, die da hieß, ihm im Vorübergehen fest in die Augen zu schauen? Vielleicht?

Unwillkürlich sah Helena auf die Piratenuhr, deren Zeiger aus zwei blauweißen Segelmasten bestanden. Fünf vor zwölf. In Spanien war das nicht so wie in Alemaña. In Spanien rannte vor Mitternacht kaum einer auf die Straße, um Feuerwerke zu entzünden oder einfach auch nur in natura zu bestaunen. Nein, in Spanien schaute man sich das Feuerwerk im Fernsehen an. Meistens wurde es live aus Madrid oder Barcelona übertragen. Man konnte in Spanien auch nicht einfach so kurz vor Mitternacht unbedarft auf die Straße rennen. Schließlich war da ja die Sache mit den zwölf Weintrauben.

Die vermummte Kapuzengestalt, der Deutsche, schnarchte unbeeindruckt im Eck. Im Schlaf sah er aus wie ein steil aufgerichtetes Erektionsgesicht. Fand Helena. Pedro richtete kleine Teller mit jeweils zwölf Weintrauben darauf. Dieser uralte spanische Brauch verlangte einem alles ab. Zu den zwölf Glockenschlägen zum Jahreswechsel mußten die zwölf Weintrauben gegessen werden. Zu jedem Glockenschlag eine Weintraube. Gelang das Dutzend im Gleichklang, dann würde man im jetzt beginnenden neuen Jahr zwölf Monate Glück haben. Eine vermeintlich einfache, sogar läppische Aufgabe. Wenn man aber nicht höllisch konzentriert aufpaßte, also zum Beispiel die achte Weintraube erst im neunten Glockenschlag in den Mund schob, weil man mit den Gedanken schon zum zwölften Glockenschlag vorausgeeilt war, dann hatte man im nun folgenden Jahr verdammt viel Pech. Im August. Kam man am Ende der Staffette in Verzug, der Mund war ja inzwischen auch ganz schön voll, dann konnte man davon ausgehen, daß das neue Jahr nicht gut enden würde. Dann gab es noch die Katastrophen. Einen Lachkrampf zum Beispiel. Oder man verschluckte sich und mußte furchtbar husten, während die Glockenschläge uneinholbar weiterrannten. Das konnte natürlich passieren, und schon nach ein paar Sekunden war das ganze Jahr im Eimer. Also man mußte sich schon zusammenreißen, ohne gleichzeitig die Zähne zusammenzubeißen.

Wortlos reichte Pedro Helena ihren Teller und eine Hand, die sie innig drückte. Noch vor den Glockenschlägen war Pedro am

Plattenspieler und legte „A stairway to heaven" von Led Zeppelin auf. Helena warf ihm mit der Hand einen Kuß zu. Pedros Frau schaute sie böse an, ihre Tochter winkte Helena zu.

Die Uhr fing zu schlagen an, und da Helena wahrscheinlich zwölf Tränen über beide Wangen rollten und der ganze Pastis ihr auch nicht mehr die zeitlich exakte Peilung gestattete, mußte sie sich sehr, sehr konzentrieren, sich sozusagen einen kontrollstarken Kronleuchter über den mitzählenden Gehirngipfel stülpen. Bloß nicht losprusten, sich bloß nicht verschlucken. Bloß nicht abdriften, bloß nicht jemanden anschauen.

Helena machte alles richtig. Im ausbleibenden dreizehnten Schlag ließ Pedro einen Sektkorken knallen, durch den sogar die vermummte Kapuzengestalt, der Deutsche, erwachte. Pedro reichte auch ihm ein Glas. Er schüttete es einfach hinunter. Er hatte den Jahreswechsel nicht bemerkt, war jetzt lediglich in der Minute Eins nach dem vorübergehenden Ausschlafen seines Rausches, checkte es nicht, daß er jetzt im Neuen Jahr war. Im Jahr Eins ohne Dalí, der jetzt schon verwest in einer Gruft lag, circa siebzig Kilometer von Helena entfernt. Helena prostete der Familie zu. Höflich prostete die Familie zurück. Pedro lächelte sogar. Ihm tat das familiäre Schwimmen ohne Wasser offensichtlich noch am meisten weh. Manchmal holte er wohl noch zurück, was noch zurückzuholen war. Aber auch nur noch, um vorwärtsstolpern zu können.

Von hinten her schwankte die vermummte Kapuzengestalt, der Deutsche, aus dem Raum. Helena sah ihm nach. Er torkelte zum Strand hinunter. Winterfrische hielt seine Breitbeinigkeit in Grenzen, er pißte in den Sand. So schmal, wie er in den Beinen stand, würde er auch unvermeidbar seine Springerstiefel treffen. Helena war froh, daß es am Strand keinen Lichtschalter gab. Nur die Sterne funkelten projeziert. Mühsam und zeitintensiv schraubte sich die vermummte Kapuzengestalt, der Deutsche, wieder den Hang hoch, begleitet von einigen eingedellten Ehrenrunden. Als er in die Bar zurückschwankte, zahlte er wortlos und ging blicklos an Helena vorbei, hinaus in eine ausfernde Neujahrsnacht ohne Wolkenränder.

Helena bestellte einen Pastis und prostete ihrem dritten Kind Salvador zu.

Wenn Dalí noch leben würde, dann wäre Picasso jetzt auch nicht tot.

Helena war wohl eines der seltenen Einzelexemplare einer Generation, in der noch hartnäckige Versuche unternommen wurden, ohne einen Computer auszukommen. In zehn Jahren würde diese Rasse sicherlich ausgestorben sein. Nicht, daß Helena nur über Rauchzeichen kommunizierte - das wurde einem dann ja immer sofort unterstellt - aber sie wehrte sich noch.

Sie wehrte sich noch, ohne wirklich mitzuleben.

Sie wehrte sich noch, ohne wirklich zurückzuschlagen.

Sie wehrte sich noch, ohne wirklich zu stören.

Sie lebte nur noch in einer Zwischenwelt. In einer Welt, die im Surrealismus nie existent wurde, weil sie als inexistent erklärt worden war. Punkt. Um Helena von der Zwischenwelt zu erlösen, würde es vollkommen ausreichen, sie für verrückt zu erklären. Oder sie erklärte sich selbst für verrückt, so wie man das damals mit vielen Surrealisten und viele Surrealisten mit sich getan hatten. War das wirklich eine Lösung?

Vor fünfzig Jahren war der Surrealismus keine Lösung gewesen. Er war ein Bruch gewesen. Und hatte Recht damit gehabt. Gab es keine Lösungen mehr, dann war die Lösung der Bruch.

Und heute? Wie war das, in einem Jahrzehnt, an dessen Ende Dalí gestorben war, an dessen Ende Helena sich jetzt schweigend gegenübersaß? War da noch eine Lösung in Sicht?

Alles war a alglatt. Alles war b örsenzentriert. Alles war c lean. Alles war d igital. Alles war e rgebnisorientiert. Alles war so f ull of f un. Alles war g lobal. Alles war h ip. Alles war i nterdisziplinär. So richtig für sich allein schuldig sein konnte keiner mehr.

Jeder wurde zu seinem eigenen J ungbrunnen. Selbst das Nichtstun hatte sich zu einer K unstform entwickelt. L inear war nun die Zeit. Der Raum war m olekular. Das Bewußtsein von Raum und Zeit war nur noch n arkotisiert.

Allesamt waren sie o mnipotent - p seudo - q uadratisch. Und jeder einzelne war r ichtungsweisend s ensitiv. T echnologisch u ltrav erkrebst zählte nur noch die W irtschaftlichkeit. Das Herz war z ementiert, die Seele z ensiert, das Gefühl war zu einem Z ertifikat für Lebensuntüchtigkeit geworden.

Ein wahres Horror-ABC. Jedes Hennendepperchen richtiggehend realistisch, mit frisch manikürten Krallenrändern und Umstandsmoden für luftwiderstandslose Schönheiten. Sogar die rosige Rosette des Afters sollte mit Goldkettchen und Tatoos möglichst noch zentrisch gestreckt werden. Versprach man sich davon revolutionsimmune Arschlöcher? Krankhaft zerforscht und hoffnungslos bildungsüberzüchtet hatte das ABC sein originäres Naturell verloren. Selbst Gitterstäbe waren schon zielorientiert. Nicht einmal sie durften einfach nur noch Gitterstäbe sein.

Nicht der Weg war das Ziel, sondern das Ziel war eine glatte, sterile Oberfläche ohne Innenleben. Ein zielorientiert glattgebügelter Realismus. Ja durfte man da nicht natürlicherweise nach Surrealismus schreien? War der Gleichschalterei nicht die Gegensätzlichkeit vorzuziehen? Hatte die scharfe Kontur etwa nicht Präferenz vor der schwammigen Form? War es dem Gleichstrom tatsächlich nicht mehr möglich, eine vorsätzliche Widersprüchlichkeit zu produzieren, die immerhin einen Freiraum für eine fusionierende Synthese schaffen konnte? War nicht jede Gleichförmigkeit von Natur aus unerträglich? Brauchte sie nicht um so dringender Provokateure, Wachmacher, Dagegenhalter und Konfrontationskünstler? Mußte eine krankhaft geschaffene Balance nicht dringend in ein Ungleichgewicht befördert werden?

Jede noch so kleine Kante hatte man dem Realismus abgeschlagen. Jede noch so kleine Scharte war weggeschmirgelt, jede noch so kleine Unebenheit war ausgemerzt. Hatte man das aus den Augen verloren, dann war man glattgebügelt. In seiner Natur war der Mensch so noch nie gewesen. Um sein Leben in Lebendigkeit zu leben und seinen Tod mit Menschenwürde zu sterben, dazu war auch schon in der Lebenszeit von Dalí mehr Surrealismus als Realismus notwendig gewesen. Da konnte man von ihm halten, was man wollte, ob künstlerisch oder menschlich, ob philosophisch oder sonstlerisch - er hatte diese untrügbaren Antennen für die Zeit, die erst noch kommen würde, gehabt.

Der Salvador'sche Pastis von Helena war fast leer. Ihre Welt war es nicht. Mehr. Weltschmerz als herummörderndes Ablenkungsmanöver, dazu fühlte sich Helena nicht mehr psychopathisch genug. Sie suchte noch nach Nischen. Und fand sie auch immer wieder.

In dem ganzen Felsengeflecht um Tossa herum kannte Helena eine Höhle, die den andonnernden Windbreitseiten gänzlich abgeneigt war. In dieser Nische würde sie jetzt schlafen gehen. Der

Form und dem Geborgenheitscharakter nach hatte die Höhle etwas von einem Mutterleib. Nun hatte sie beileibe im Augenblick keine Mutterleibsphantasien. Sie hatte nur so ihre Schwierigkeiten mit den Wänden und Decken in Hotels oder Pensionen. Sich jetzt einfach an irgendeinen Abhang an der Costa Brava zu legen, dies wiederum war ihr zu ungeborgen und zu windig. Dann lieber eine Höhle, dann lieber eine geborgene Nische. Es würde auch nicht ihr erster Neujahrsschlaf dort sein.

Helena trat zu Pedro an die Theke, um zu bezahlen. Er zog gerade eine Schallplatte von R.E.M. aus dem Regal. Helena zögerte einen Moment, ob sie doch noch bleiben sollte. In diesem verzögerten Moment war sie von Pedros gesammelten Familienaugen sofort festfixiert. Nur Pedros kleine Tochter schlief selig vor dem Fernseher. Helena ging zu ihr hinüber und strich ihr über das Haar, die Hauskatze strich zwischen ihren Beinen herum. Jedem der Familie reichte sie wortlos die Hand. Inzwischen hatte Pedro die Rechnung erstellt, die viel zu niedrig war. Mit Vergeßlichkeit hatte das nichts zu tun. Auch sie reichten sich die Hände. Pedro hatte einen fragenden Ausdruck in den steil gerändeten Augenwinkeln, so etwas wie ein Abschiedsschmerz, so etwas wie eine entsetzte Vorahnung, daß Helena womöglich nächstes Jahr um die gleiche Zeit wieder am gleichen Tisch sitzen würde. Helena sagte nichts. Die steil gerändeten Augenwinkel in Pedros Gesicht waren verurteilt zu bleiben. Vielleicht ein ganzes Jahr lang. Erst im Abschied würden vielleicht wieder neue Bezüge entstehen. Die Schonbezüge gab es ja schon lange nicht mehr. Schon in der Tür stehend hörte Helena noch die ersten Klänge von „Loosing my religion".

Die Bogenlampen in den Nachtgassen entlang der Burganlage waren mit Sprühnebel verschleiert. Wie ein Schwamm hatte sich der Wind mit Nässe vollgesogen. Jeder Atemzug war ein dumpfschweres Geschäft. Tauschwer benetzt lief Helena zu ihrem Auto. Da war niemand mehr auf der Straße. Hinter manchen geschlossenen Fensterläden klirrten noch Gläser und Stimmen. Mit Schlafsack, Decke, Matte und einer Taschenlampe machte sie sich auf den glitschigen Weg über die Felsen. Richtiger Seenebel zog auf, es wurde noch kälter. Nicht nur äußerlich war Helena durch und durch klamm zumute. Aber sie fand die Höhle auf Anhieb. Immer wieder sich umsehend bückte sie sich schließlich hinein, tastete sie sich im Schein der Taschenlampe vor. Die Höhle war trocken, und Helena wußte noch, daß sie nach Südosten zeigte. Sie hatte genug Platz, sich lang auszustrecken. Um sie herum gluckste, gluckerte und rülpste das unsichtbare Wasser. Von ihren unter dem Kopf verschränkten Armen aus sah sie den eingenebelten Nachthimmel, das heißt, sie sah noch weniger als nichts. Die Dimensionen waren dahin. Ihr war, als ob sie in einem Holzfaß lag, von dem sie nicht wußte, wie groß die Öffnung war. Stürmisch und ziellos tänzelte der Neujahrssturm vor ihrer Blicklosigkeit auf und ab.

Warum machte sie so etwas? Als Frau. Sie war doch überhaupt nicht so gebaut. Immer, wenn sie über diese Frage nachdachte, landete sie bei ihrem Vater. Wenn er sich aufschmatzend und mit glasigen Augen wieder über sie gelegt hatte. Immer, wenn sie über diese Frage nachdachte, dann fuhr eine stahlgehämmerte Hilti durch ihre butterweichen Eisen. Dann war Konsequenz nie und nimmer flexibel. In Extremsituationen nicht allein draußen zu übernachten, das war für Helena inkonsequent. In lauen Sommernächten konnte sie sich sehr wohl irgendwo auf der Welt ein Zimmer nehmen und zwischen vier Wänden friedlich einschlafen. Bei annähernden Minusgraden in einer Höhle direkt am Meer zu übernachten, erfüllte sie großflächig mit Genugtuung. Das erschien ihr wie eine nicht einmal starke, aber in der Öffentlichkeit deutlich demütigende Ohrfeige in das Gesicht ihres Vaters. Das war wie eine endgültige Mitteilung an ihn, daß er sie weder tot noch lebendig jemals wieder würde erreichen können.

Sie hatte wunderbar geschlafen. Sonnenstrahlen waren ihr durch einen Traum gefahren, an den sie sich nicht mehr erinnern konnte. In der windgeschützten Höhle war es hautwarm. Helena schälte sich aus ihrem Schlafsack, blieb halbnackt liegen, sah mit geweiteten Kinderaugen nach draußen. Fast durchscheinend, mit einem Hauch von stahlblau, fraßen sich Gischtfetzen in die bizarren Felsformationen hinein. In Helena donnerte ein saugendes Vakuum weiter, aber da war keine fortschreitende Leere mehr. Nein. Sie, Helena, füllte sich in diesen katalanischen Tagen bis zum Rand des Holzfasses. Es schien sogar im Bereich des Möglichen, daß sie überlaufen würde. Der Neujahrsmorgen verhielt sich noch ganz still. Nur eine Möwe schrie ihn an. Mit der Möwe flog der Schmerz davon. Nur die kreischende Sehnsucht, die blieb.

1990. In zehn Jahren würde schon ein ganzes Millenium überschritten sein. Ihre Kinder außer Haus, sie um die fünfzig, ihre Mutter zehn Jahre länger tot, ihr Vater immer noch verschollen. Und Gianni. Wo würde Gianni in zehn Jahren sein? Warum dann nicht zumindest in Italien sitzen und im Auge behalten, wie das italienische Volk so einen Milleniumwechsel bewältigen würde? Mit wem würde Helena dies im Auge behalten? Der Mann nach Gianni war weiterhin unvorstellbar. Maria begehrte sie sehr hitzestöhnend und sehr kälteimmun. Und doch war da etwas explodiert, was in einem Jahr Zweitausend eher verpufft sein würde? In einem Jahr Zweitausend würde Maria eher die Treppe zu ihrem Haus in der Altstadt von Havanna wischen, als Händchen haltend mit Helena durch die historische Hafenstadt von Genova zu schlendern.

1990. Daß sie es bis dahin überhaupt geschafft hatte. Das hätte sie nie für möglich gehalten.1990, das war für Helena immer ein Science Fiction gewesen. Und jetzt war es so. Als Punkerin war sie sich mehr als sicher gewesen, nicht einen Tag älter als fünfundzwanzig zu werden. Jetzt kam sie sich vor wie George Orwell, der überraschenderweise, wahrscheinlich auch zu seiner eigenen Überraschung, bis 1984 nicht in der Lage gewesen wäre, schön ordentlich bis zum 21. Januar 1950 zu sterben. Und dann plötzlich am eigenen Leib erfahren sollte, was er viele Jahrzehnte vor 1984 über 1984 geschrieben hatte.

Mit ihren Sachen kroch Helena aus der Höhle. Sonnenstrahlen perlten ihr Abbild auf den nackten Fels. Sie wusch sich in einem Wasserbecken, was vor allem die nicht unhäufig vorkommenden Pastisanteile in ihrem Kopf sofort vernichtete. Der Wind war kalt. Sie spürte es sogar im Mundraum, als sie ihre Zähne mit Salzwasser putzte. Ihr war nach Kaffee und Gebäck. Und vor allem nach Menschen. Ein neues Jahrzehnt. Die guten Wünsche für Emily und Jakob zählte sie laut dem Meer auf, als sie über die Klippen zurücktänzelte.

Helena war unterwegs. Auf einem Minigolfball durch das All.

In den Gassen von Tossa war noch wenig los. Ein paar vereinzelte Touristen, ein paar einheimische Katergesichter, ein paar alte, in Schwarz gekleidete Frauen auf dem Weg zur Messe. Mit ihrem Nachtgepäck unter dem Arm und auf dem Rücken wurde Helena nicht immer von ganz selbstverständlichen Blicken verfolgt. Sie brauchte lange, um ein Café zu finden, das schon offen hatte und in der Sonne lag. Die erste Tasse Milchkaffee ging ihr runter wie frisch gepreßtes Olivenöl, das streichelzart ihre Speiseröhre hinabschmierte. Übermütig laut schmatzte Helena einen tiefen Schluck Kaffee in sich hinein, den sie dann aber zusammen mit einem Zug an der Zigarette in den falschen Hals inhalierte. Sie bekam einen fürchterlichen Hustenanfall. Dafür erntete sie vorwurfsvolle Blikke vom einzigen, jetzt noch besetzten Tisch. Ihr besetzter Tisch war im Moment entfallen. Helena hatte sich erhoben, um sich besser krümmen zu können. Die vorwurfsvollen Augen kamen von einem Paar aus Amerika. Das hörte man am Akzent in den Stimmen. Das sah man am Akzent der mit großen Sonnenbrillen verglasten Blicke. Helena hatte ihnen, nicht ohne sich auch eine Sonnenbrille aufzusetzen, schon eine Weile lang zugehört. Beide um die fünfundvierzig, obere Mittelklasse, schlechte Körperhaltungen, durch viel Geld nicht unerheblich neben das Leben katapultiert. So dachte sich das Helena. Sie tippte darauf, daß er Anwalt und sie Dozentin an einer sozialwissenschaftlichen Fakultät in einer großen Universitätsstadt sein mußte. Während Helena dies so tippte, diskutierten sie leidenschaftlich ernst darüber, wieviel Prozent tatsächliche Mathematik jedes natürliche Leben bestimmen würde. Bei der Höhe der Prozentzahl erschrak Helena. Sie schüttelte leicht den Kopf und ließ sich übergangslos belehren, daß zwischen einem Egozentriker und einem Mittelpunktfanatiker ein himmelweiter Unterschied bestünde. Hier kam das amerikanische Dreamteam sofort auf Hitler zu sprechen. Daß der Faschismus natürlicherweise in sich, das heißt auch ohne den Führer jederzeit die Möglichkeit offeriert hatte, überholt zu werden. Mittels Geld natürlich. Daß so ein natürlicher Überholvorgang vom Vatikan nicht hätte geleistet werden können. Zumindest nicht natürlicherweise, da die Aufgabe des Vatikans vorrangig darin bestehen würde zu bremsen. Das könnte man jederzeit in jeder christlichen Doktrin nachlesen. Behauptete der amerikanische Anwalt triumphierend.

    Helena staunte. Ein strahlend schöner Neujahrsmorgen in einer kleinen Stadt an der Costa Brava. Zwei Amerikaner auf Europareise. Die Sonnenstrahlen fingen endlich an, zu wärmen. Und dann das.

    Wie hatte Dalí eigentlich sein achtjähriges amerikanisches Exil verkraftet gehabt?

In Amerika wurde aus dem akkurat disziplinierten Surrealisten ein flexibler Mitarbeiter in der Modebranche, ein Gelegenheitsdekorateur für spektakuläre Schaufenster, ein treffsicherer Trendsetter in der High-Society, der mit Schuhhüten, Fadenspielstühlen oder Muschelbroschen reichtumsmagnetische Aufmerksamkeit erhaschte. Aus einem eher zurückgezogenen Künstler wurde ein medienverspielter Quotenkönig, der immer weniger Happenings und Performances ausließ. Stockte Dalís Kreativschub für neue Bilder, dann illustrierte er Bücher, entwarf Parfums oder porträtierte Honoratioren. Vor allem jene Honoratioren, die Geld hatten. André Breton bemerkte zu dieser Entwicklung, daß aus Salvador Dalí „Avida Dollars" geworden war. Der künstlerisch unverdorbene Surrealist hatte sich in einen Dollargierschlund verwandelt. Dalí und noch mehr Gala schufen zusammen eine äußerst gewinnträchtige Kapitalverbindung zwischen seinen introvertierten Alpträumen und den externen Gütern des gehobenen Konsums.

1946 lernte Dalí Walt Disney kennen und drängte in den Film. In Hollywood ihre ersten kooperativen, gemeinsamen Entwürfe. Salvador Dalí, zweiundvierzig Jahre alt, Hollywood, Amerika. Kannte er sich da noch?

In ihrer ersten Barraca in Port Lligat wußten Dalí und Gala oft nicht, was sie zum Nulltarif noch essen sollten. Vierzig Jahre später hatte Dalí ein geschätztes Vermögen von zehn Millionen Dollar. Der Hauptteil dieses Vermögens resultierte weniger aus dem Verkauf von Bildern, sondern war das Ergebnis von Dalís Ausflügen in die Modebranche oder von seinem Entwurf eines Aschenbechers für die indische Luftfahrgesellschaft „Air India" oder von seiner künstlerischen Gestaltung einer Briefmarke für Guyana.

1948 kehrte Dalí aus Amerika nach Port Lligat zurück. Dort konnte er sofort wieder ausschweifend und zügellos malen. Aber anders. Plötzlich anders. Aus klassizistischen Elementen, italienischen Einflüssen der Renaissance, mit Modulen aus der Metaphysik und aus der Grundstruktur der atomaren Wissenschaft kreierte Dalí den „Nuklearen Mystizismus". Somit war der Nukleare Mystizismus eine Synthese aus klassischer Malerei, Atomzeitalter und Spiritualismus. Je mehr sich Dalí dem Bewußtsein widmete, desto weniger tauchte sein Unterbewußtsein auf seinen Bildern auf. Aus dem Künstler der Psychoanalyse war spätestens nach Abwurf der ersten Atombombe ein Künstler der Kernphysik geworden. Um diese neue künstlerische Strömung schwirrten sofort speichelleckende Schmeißfliegen, Pseudomäzene, Spekulanten, halbgefrorene Lachfalten und Publicitysüchtige, die allesamt versuchten, bei den Dalís ein- und auszugehen. Dalí selbst machte es auch nicht anders. Er ging auch ein und aus. Zu einem Vortrag an der Sorbonne fuhr er schon einmal eigenhändig den weißen Rolls-Royce vor, obwohl ihm vor dem Autofahren graute. Mit ihm saßen mehrere hundert weiße Blumenkohlköpfe im Fahrzeug, das schwer durchhing. Die Achsen ächzten, und Dalí schnaubte hocherfreut. Er war süchtig nach Öffentlichkeit geworden, in den amerikanischen Exiljahren hatte es keine Entziehungskur für Auftritte gegeben. Das änderte sich auch nicht, als Dalí Mitte der sechziger Jahre seinen Malstil mit Photorealismus und Pop Art noch einmal modifizierte. Auch der Zuwachs in der Schmeißfliegenschar modifizierte sich. Aus einem speichelleckenden Schwarm wurde die Masse. Doch Dalí wollte diesen Rummelruhm. Er liebte das Fernsehen, und das Fernsehen liebte seine Happenings, seine Exzentrik, seine bewußt vorgetragene Undurchschaubarkeit. Der begnadete Maler und der charmant unberechenbare Clown, noch gab es zwei getrennte Persönlichkeiten. Mit zunehmendem Alter vermischte sich der Maler mit dem Magier, das Genie mit dem Harlekin. Mit zunehmendem Alter verwischten sich die Grenzen zwischen Spaß und Wirklichkeit, zwischen Simulation und Wahrheit, zwischen Ich und Ich-Verlust.

Trotz seiner offen zur Schau gestellten Bewunderung für Franco war Dalí in den Achtundsechzigern so etwas wie eine Vaterfigur. Er war ja zügellos. Er war ja provokant. Er war ja exzentrisch und durch und durch unangepaßt. Dalí, der Talisman der Freiheit und der hemmungslosen Sexualität. Salvador, die Gallionsfigur der antistaatlichen Begierde und des gesellschaftskritischen Aufbegehrens. Und John Lennon bestellte ein Geburtstagsgeschenk für Ringo Starr bei ihm.

Bewußtsein, Ruhm und Geld. Bewußter Ruhm, bewußtes Geld. Der Mond über Port Lligat war unter Wasser abgetaucht, die ampurdánische Seidenstraße fühlte sich nicht mehr geschmeidig an. Offensichtlich ging die Chinesische Mauer mitten durch Dalís Herz, während Gala auch mit über siebzig Jahren noch ihre eigenen sexuellen Wege beschritt. Fiebernd nymphomanisierte sie jungen, gut gebauten Männerkörpern hinterher. Je älter Dalí wurde, desto häufiger lud er junge Paare auf sein Anwesen ein. Sie sollten sich vor ihm ruhig auch nackt vergnügen. Er selbst sah dabei wohl nur zu, wollte aber immer den Anus in das Zentrum seiner erotischen Phantasien gerückt wissen. Transvestiten, Krüppel, Zwerge und Zwitter komplettierten seine nun fast tägliche Gefolgsschar. Dalí, der Hofmeister, dirigierte die goldenen Hummerscheren auf samtenen Frauenschenkeln bis zum Venushügel hoch. Mit diesem hautbetont voyeuristischen Aufwand wurde die Zeit zum Malen knapp. Dalí selbst meinte dazu, daß seine produktivste Zeit 1927 im Gefängnis von Gerona gewesen sei, er im Grunde hinter Gittern sitzen müsse, um so malen zu können wie früher. Und er malte ja auch nicht mehr auf dreißig mal vierzig oder fünfzig mal sechzig Zentimeter großem Papier, sondern brauchte zur Umsetzung seiner Innenwelt inzwischen monumentale Leinwände mit einer Fläche von mehreren Quadratmetern. Auch wenn die Innenwelt oberflächlicher geworden war. Oder gerade deshalb. Immer häufiger griff er Themen aus alten Bildern auf, ohne ihnen neues Leben einhauchen zu können. War aus einem Jungbrunnengenie ein alter Narr geworden, der hoffnungslos durch verpaßte Sexualität und angepaßte Senilität dümpelte?

Keinesfalls. Fand Helena. Sie konnte sich nicht vorstellen, als Siebzigjährige noch eine holographische Komposition von Alice Coopers Gehirn anzufertigen. Über alle selbstgebastelten Narrenkappen und über jede Alterung hinweg blieb Dalí mit immer wieder frischen Innovationsschüben verheiratet.

Im September 1974, nach kostspieligen Verhandlungen und einer über fünfzehnjährigen Umbauzeit, wurde in den ehemaligen Ruinen des Stadttheaters von Figueras das Teatro-Museo-Dalí eröffnet. Betrachtete man den Gesamtkomplex und zugleich jedes Detail, hatte man es augenscheinlich mit dem größten surrealistischen Werk des zwanzigsten Jahrhunderts zu tun. Da mochte auch König Juan Carlos mit Würdigung nicht zurückstehen. Er besuchte das Museum, er kam in Port Lligat vorbei, er erhob den Ausnahmekünstler in den Adelsstand. Dalí nannte sich fortan „Marqués de Dalí de Púbol". Ein gelungener Startschuß in den Ruhestand, wollte man meinen. Weit gefehlt. Brennender Ehrgeiz führte seine nun auch zittrigen Pinselstriche, er wollte noch wohin. Dalí wollte malen können wie Velázquez und Michelangelo, wie Raffael und wie Vermeer. Das waren für ihn *die* zukunftsweisenden Künstler. Und er selbst wollte auch dazugehören. In seinen letzten Bilderserien fusionierte sich die Kunst von fünf malenden Genies, er, als noch im Leben stehend, bereits dazugezählt. Seine durch und durch trainierte, fast perfekt photographische Maltechnik begleitete ein Ideenpotential, welches Senilität und Kopierfreudigkeit schadlos überstanden hatte.

1983 malte Dalí „Der Schwalbenschwanz", sein letztes Bild. Nun war das Gesamtwerk komplett. Über fast achtzig Jahre hinweg hatte etwas Geniales stattgefunden. Die Zukunft, in der das auch so erkannt werden wollte, war nicht mehr allzuweit entfernt. Da war sich Helena sicher. Nach Dalís Tod war sein künstlerisches Gesamtwerk zum ersten Mal von seiner performancesüchtigen Person getrennt. Bilder, Skizzen, Modeentwürfe, Romane und Gedichte in Reinform, ohne gleichzeitige Selbstinstallation als lebendes Kunstobjekt. Welche Vergleiche ergäbe das? Würde man Dalí und Michelangelo in einem Atemzug aussprechen können? Müßten Kunstkritiker erst noch eine neue Wortschatzgeneration erfinden, um das Gesamtwerk von Dalí treffend zu bewerten?

Sicher war: Dalí malte wie Dalí.

Würde das zur Unsterblichkeit reichen?

Die Amerikanerin bat Helena um Feuer. Helena fuhr hoch. Sie hatte nicht einmal das penetrante Parfum der hochgewachsenen, rothaarigen Frau gerochen, als sie von ihr fast berührt worden war. Erstaunlicherweise saß sie nicht in Port Lligat, sondern in Tossa de Mar, und die Sonne wärmte streichelzart.

„Hi", sagte die Amerikanerin mit tiefer Stimme und stellte sich mit „Chris" vor. Helena suchte nach ihrem Feuerzeug, stellte sich nicht vor und wünschte „feliz año nuevo" - ein gutes neues Jahr. Chris beugte sich zu ihr herunter und legte einen weiten Ausschnitt frei, in dem nahtlos gebräunte Brüste steil nach unten zeigten. Helena gab Chris Feuer. Eine rote Haarsträhne berührte ihre Wange. Aus hinter ihrer Sonnenbrille verdeckten Augenwinkeln heraus sah Helena, wie der Amerikaner breit grinsend die Begegnung auslächelte. Schmierig und unrhythmisch zitterten seine Mundwinkel. So jedenfalls schien er doch kein Anwalt zu sein. Eher eine unkontrolliert zusammengemixte Persiflage aus J.R. Ewing und Ronald Reagan.

„Thank you and have a nice day", hauchte Chris wollüstig und legte demonstrativ eine Hand auf Helenas Schulter, die komischerweise in diesem Moment erst unter dem Schlüsselbein anzufangen schien. Schwänzelnd lief sie zu ihrem Mann zurück, das heißt, nicht wirklich lief sie. Vielmehr waren es ihre in breiten Schwankungen ausbrechenden Gesäßbacken, die in das ehemännliche Nest zurückwogten.

Dann küßten sie sich auch noch und sahen wie festzementierte Torpedos zu Helena herüber. Helena schaute nicht weg. Hinter ihrer Sonnenbrille sah sie den dampfenden Hochsommer in jeder x-beliebigen Stadt in Deutschland genau vor sich. Dort liefen die Frauen inzwischen fast dreiviertelnackt durch die aufgeglühten Asphaltwüsten. Und die Männer? Die trugen nicht einmal mehr kurze Hosen, sondern nur noch schlabbernde Kniekehlenschlürfer. Auf welcher hitzeversentgen Betonstrecke war da die Gleichberechtigung zusammengeschmolzen? Genau daran erinnerten sie Chris und Ronald Ewing. Da brauchte man nicht einmal eine surrealistische Brille, um das sofort zu sehen. Wie ein Elefant im Porzellanladen trampelte das im unfreiwilligen Blickfeld herum. Als Helena wort- und grußlos bezahlte, pendelte ihr Nachtbündel auf ihrem Rücken hin und her. So erreichten sie Chris' und Ronalds hechelnde Verfolgungsblicke nicht mehr.

Helena fuhr nach Cadaqués zurück. Schleierwolken waren aufgezogen. Der Wind nahm unaufhörlich zu. Die katalanische Küstenlandstraße wurde unruhig. Helena gab nicht richtig Gas, bremste nicht richtig, sie nahm die enggesteckten Kurvenfolgen gerade so, wie sie ohnehin kommen würden. Die vom Meer flatternden Böen zerrten seitlich an der Lenkung. Helena schüttelte ab und zu den Kopf, wie, um die seitliche Verzerrung auszugleichen. Sie dachte an Emily und Jakob. Tränen liefen über ihre Wangen. Drei davon versammelten sich vor dem Bremspedal. Eine Träne für die Sehnsucht, eine Träne für den Stolz einer Mutter, eine Träne für Gianni. Gianni war da. Gianni würde nie weggehen. Seitdem der Schmerz ruhig geworden war, wuchs Helenas Liebe zu ihm in eine stille Tiefe hinein. Dort wurde nicht mehr blind um sich geschlagen, dort wurde nicht mehr abgehackt gelitten, dort strömte es. Dort floß hindernislos die Endgültigkeit des Todes ab. Da war keine Atemlosigkeit, kein Dauerhecheln mehr. Da war nur noch ein einziger Atemzug, der immer einmaliger, immer ewiger wurde.

   Inzwischen hatte sich doch ein kleiner See um das Bremspedal gebildet. Helena mußte plötzlich lachen.

Spontan hielt sie in Figueras an und setzte sich vor ein Café gegenüber dem Teatro-Museo-Dalí. Es hatte heute, am Neujahrstag, geschlossen. Trotzdem war die unmittelbare Umgebung des Museums dicht bevölkert. Die Japaner photographierten, die Franzosen diskutierten, die Italiener zelebrierten, die Deutschen schwiegen andächtig. Helena kannte die ganzen detailschillernden und symbolgeschwängerten Innereien des Museums. Vielleicht hatte Dalí seine einzig wahre Autobiographie genau hier - und nur hier geschrieben. Unter der Glaskuppel, die über dem Raum wie eine Seifenblase aus dem Gebäude zu schweben schien, eine Art Höhle, in der sich seine Werke seinem Wunsch gemäß alle in größter Unordnung und ohne Titel präsentierten. Eine Büste von Beethoven stand neben einer nackten Schaufensterpuppe. Ein biegsames Kruzifix aus Metall kontrastierte ein Labyrinth aus Mirten. Ein Taxi, in dem es regnete, stand so unauffällig selbstverständlich im Raum, daß man sich an ein Taxi, in dem es nicht regnete, nicht mehr erinnern konnte. Brotlaibe symbolisierten Kommunion, Waschbecken symbolisierten Läuterung, Krücken symbolisierten Tod, Flügel symbolisierten Auferstehung. War Dalí am Ende vielleicht wirklich Christ geworden? Hatte seine Privataudienz beim Papst vielleicht doch nicht nur Publicitygründe gehabt? Hatte Dalí von sich selbst als Antichrist erzählt und dabei sich, den Christen, gemeint gehabt? Wo war die Grenze zwischen Persönlichkeit und Clown verlaufen? Wo hatten sich die Grenzübergänge befunden? War Dalí im Grunde seines Herzens einfach nur demütig gewesen? Mußte er immer als Anderer erscheinen, weil die Triebfeder seines Handelns die reine, nackte Angst gewesen war?

Anfang 1990 waren nur zwei Dinge gänzlich geklärt: Dalí war jetzt fast ein Jahr lang tot. Und: Hatten Kritiker bei der Eröffnung des Museums noch vom letzten surrealistischen Schildbürgerstreich eines sichtlich gealterten Don Quijotte gesprochen gehabt, waren sie spätestens 1988 eines besseren belehrt worden: Das Teatro-Museo-Dalí in Figueras hatte zum ersten Mal mehr Besucher angezogen, als der Prado in Madrid.

Der Wind fegte immer erfolgreicher Müll durch die Alleen, die Dalís Heiligtum umgrenzten. Helena fröstelte, es wurde unangenehm, draußen sitzenzubleiben. Die zunehmend verwischte Himmelsstruktur erbrach Bleikristalle. Die Luft zum Atmen flog am Mund vorbei. Die Japaner hatten ihre Photoapparate schon weggepackt. Der ganze Himmel krümmte sich. Die Ruhe vor dem Sturm war dahin.

Helena fuhr erst gar nicht nach Cadaqués hinein, sondern direkt zum Cap de Creus hinauf. Dort skizzierten schwere Westwindböen eine dunkelgraue Wolkenwand, die unheimlich schillernd ins Grünliche abkippte. Der Nachmittag war wie eine weit vorgezogene Dämmerung. Im Wind flogen Helenas Haare glatt an ihren Gedanken vorbei. Drinnen war es verraucht, laut und voll. Helena hatte Glück. Gerade wurde ein Tisch am Fenster frei. Dem Blick über das Meer hinaus in eine fast figürliche Unendlichkeit folgte eine wie mit Asbest verseuchte Verdunkelung. Im Landeanflug des Sturmzentrums zitterten die salzverkrusteten Scheiben. Fast hörbar klirrende Glasstrukturen schlugen unsichtbare Salti, die geometrischen Molekülanordnungen schienen sich in Anarchie auflösen zu wollen. Nicht sichtbar auseinandergebrochene Verästelungen der Physik splitterten naturgesetztreu einem nachgezeichneten Weg entlang, den die gläsernen Salzkrusten vorgezeichnet hatten. Helena saß wie erstarrt, saß da wie die Madonna von Port Lligat, ausgestellt in einem Schaufenster im Licht am Ende der Welt. Die ersten Regentropfen klatschten übergewichtig auf. Dann prasselte es sofort so heftig nach, daß jeder Blick nach draußen hoffnungslos verschwamm. Die Entfernung hatte keine Entfernung mehr, der Standpunkt war ertrunken. Helena fragte sich schon, ob ihr nach Westen aufgehängtes Fenster diesem Winddruck noch lange standhalten konnte. Zwischen Grellblitz und Dumpfdonnerschlag verging kaum mehr ein gewürfelter Backgammon-Pasch am Nebentisch. Über Helenas Augen spannte sich kein Regenschirm auf. Draußen schossen anschwellende Fluten die nackten Abhänge hinunter. Das sah man nicht, aber man hörte es manchmal in einer Donnerpause, man spürte es als zunehmendes Kribbeln, das immer dichter unter den Beinen anfing. Die Sturmstärke nahm noch zu, ein Blitzeinschlag, der alles giftgrell verblendete. Das Haus auf dem Kap erzitterte donnernd bis in die Grundmauern hinein. Da war schon der Strom weg. In einem immer noch ohrenbetäubenden Nachhall flackerte die erste Kerze auf, es roch verschmort. Plötzlich war es still. Absolut still. Auch die Stimme von Brian Ferry war in die langsam auslaufenden Plattenrillen gekrochen. Niemand hustete, niemand flüsterte, niemand atmete. Eine unbekannte Menge saß in einem erstarrten Vakuum.

Der nächste Blitzeinschlag war schon entfernter, auch Helena atmete wieder aus. Jeder machte das jetzt so, der Raum bekam wieder eine Strömung. Blitz um Blitz schlug mitten durch einen Horizont, der immer noch fehlte. Aber das Unwetter zog ab, es hatte das Kap nur kurz touchiert. Nervös engagiert setzten die ersten Stimmen wieder ein. Helena blieb stumm, so wie Brian Ferry auch. Der Blitzeinschlag hatte offensichtlich die Musikanlage beschädigt. Langsam machte sich ein postapokalyptisches Erleichterungsgehabe im Raum breit. Plötzlich saßen nicht mehr vierzig Individuen einzeln im Raum, sondern eine Gemeinschaft, die einen Weltuntergang in einer Arche Noah, Typ Cap de Creus, überstanden hatte. Eine Gemeinschaft, in der jeder Einzelne mit jedem Anderen zusammen vorübergehend nirgendwo gewesen war und somit für jegliche Greifbarkeit die Erreichbarkeit verloren gehabt hatte.

Draußen ließ die Sintflut etwas nach. Nur der Sturmwind beharrte auf seiner Stärke, so als ob er die letzten Plusgrade in der Luft zerfetzen wollte. Anscheinend fror nicht nur Helena. Der Wirt entzündete ein offenes Feuer im Kamin. Helena fror nur äußerlich. In ihr rann der Schweiß mitten durch das immer noch wild klopfende Herz bis zur Magengrube hinab.

Draußen wurde es wieder heller. Gleichzeitig dämmerte es zur Nacht. Auf- und gleichzeitig zuschwellende Lichtquellen kreuzten sich in Helenas Augenausschnitt, formten sich zum Hologramm einer urzeitlichen Nachgeburt. Sie griff nach ihrem Weinglas und setzte sich neben die Flammen auf die Kaminumrandung. Natürlich schaute man sie deswegen an. Das Feuer prasselte, nichts konnte sie ändern. Sie hielt den Wein fest, niemand sprach sie an, sie war wie hinter Glas. Helena schaute sich um und sah sich selbst dort am Feuer sitzen, wie sie mit einer Hand durch Haut und Fleisch hindurch ganz unblutig nach ihrem Herz griff. Wie sie es zärtlich festhielt und so behutsam wie ein gerade zur Welt gekommenes Kind liebkoste, während pechschwarze, windverzerrte Wolkenungetüme durch ihren Uterus musizierten. Sie war die, die mit der Wölfin tanzte. Sie war die Schamanin, die den Urschrei gehört hatte. Das Feuer im Kamin knisterte. In ihr brannte es, genau dort, wo Carlos Castaneda das Zentrum aller fließenden Energien angesiedelt hatte. Eine Handbreit über ihrer Schambehaarung.

Dort loderte dieses Zentrum, in das Helena jetzt zum ersten Mal direkt hineinsah. Vielleicht war sie auch nicht mehr Helena, sondern Carla Castaneda. Der Boden drehte sich. Nur noch sie stand still. Gleich würde sie sich schwebend in die Luft erheben. Gleich würde sie losfliegen. Da berührte jemand ihre Schulter.

Ins Leben hinein erschrak sie sich. Und noch viel besser: Sie wurde gefragt, ob sie nicht ein kleines Stückchen rutschen könnte. Da wollte jemand, der sie dann sofort wieder in Ruhe ließ, auch am Feuer sitzen. Dazu hatte man ein paar belanglose Worte gewechselt. Aber Helena machte sich nichts vor: Es war eine sprachlose Rettung.

Sie gab dem jungen, sympathischen Italiener einen Kuß auf die unrasierte Wange, gerade so, als ob es Gianni gewesen wäre. Der Italiner schaute sie erstaunt, stumm und wie vom Glück überrascht an. Fluchtartig erhob sich Helena. Wie sie letztendlich den Raum verließ, konnte sie nicht mehr mitverfolgen. Vor der Tür zerfetzte der Sturm die ersten Nachtversammlungen, der Regen hatte aufgehört. Helena atmete und atmete. Es hörte nicht mehr auf. Sie saugte Gianni aus der pechschwarzen Dunkelheit zu sich herunter. Es war schneekalt geworden, aber Helena spürte es nicht. Dort draußen, im Urmaul der Gezeiten, küßte sie Gianni auf den Mund. Und Gianni erwiderte den Kuß.

Auch in Cadaqués hatte das Unwetter deutliche Spuren hinterlassen. Helena stand auf der Plaza Mayor vor der dort aufgebauten Weihnachtskrippe und betrachtete den immer noch einströmenden See, der sich um die dort versammelten Figuren bildete. Maria und Josef knieten schon tief im Wasser. Die weiter entfernt stehenden Heiligen Drei Könige hatten auch schon nasse Füße. Esel und Schafe weideten in von bunten Glühbirnchen beleuchteten, immer neu entstehenden Flußlandschaften. In dem gegenüberliegenden Glashaus war es jetzt schon brechend voll. Das Jesuskind lag in eine barocke Windel gewickelt im noch trockenen Stroh. Ansonsten war es nackt. Es war sehr kalt geworden. Bestimmt fror es erbärmlich. Erst in circa vier Stunden würde es abgeholt werden. Helena war schon versucht, ihren Schal zu opfern, um es sanft und wärmend einzuschlagen. Noch traute sie sich nicht. Manchmal kamen die auch unangekündigt früher. In Cadaqués wurde die Anwesenheit des Jesuskindes von einer doppelt besetzten Polizeistreife in regelmäßigen Abständen kontrolliert, weil es vor ein paar Jahren vor allem in den Nächten zwischen Weihnachten und Neujahr immer wieder gestohlen worden war. Daraufhin hatte der Gemeinderat Polizeikontrollen angeordnet gehabt, und es war festgelegt worden, daß um Punkt zweiundzwanzig Uhr das Jesuskind von Cadaqués mit dem Dienstwagen sorgsam zu evakuieren war. Und zwar strikt ausnahmslos jede Nacht, ganz ohne Schlamperei, Laisser-faire und Umgehung der zwingend notwendigen Dienstvorschriften. Ein Ritual, das sich auch Helena vor ein paar Jahren angesehen hatte. Dabei hatte sie erleichtert festgestellt, daß das Jesuskind von den zwei Dorfpolizisten fast liebevoll aus dem nachtfeuchten Strohgeflecht in den hinteren Teil des Dienstwagens gebettet worden war. Das war nicht einfach so eine gefühllos ausgeführte Diensthandlung gewesen. Die zwei uniformierten Männer hatten das richtig feierlich und behutsam gemacht, so, als ob das Krippenkind lebendige, zerbrechliche Gliedmaßen gehabt hätte.

Helenas vergangenheitliche Erleichterung konnte aber über ihren aktuell vorliegenden Sorgenhorizont nicht hinwegtäuschen:

Schlief das Jesuskind von Cadaqués überhaupt schon durch? War eine Amme mit prallen Muttermilchbrüsten bestellt worden? Schließlich mußte der Kleine ja bis Sonnenaufgang im Revier bleiben. Schaute ab und zu jemand nach, ob der Nazarener auch wirklich schlief oder ob er nicht gar in nächtlichen Einzelaktionen die Gefangenen auf der Wache heilte? Bestand rund um die Nachtuhr erhöhte Alarmbereitschaft? Ließen die Wache schiebenden Dorfpolizisten auch in Anwesenheit von solch reinem, personifiziert unschuldigem Christentum ihre Dienstwaffen umgeschnallt? Und wie war das mit den Dienstmützen? Gab es ein Kinderbettchen, das hoffentlich über ein normales Preis-Leistungs-Verhältnis hinausging? Wie wurden die ziemlich sicher eintretenden Heimatverlustängste ausgeglichen? Doch hoffentlich durch eine detailgetreue Nachbildung der Dorfkrippe von der Plaza Mayor. Mindestens. War es immer dieselbe Person, etwa der Revierleiter, der die späten Nachtgebete zum Messias sprach? Wußte die Besatzung des Polizeipostens von Cadaqués um das dringend notwendige pädagogische Erfordernis, daß eine konstante Bezugsperson das A und O in der Erziehung war? Hatten die überhaupt das Know-how, daß auch gottgesandte Wesen hiervon keine Ausnahme bildeten? Wer würde dann im Sinne der Konstanz den Religionsunterricht erteilen, wenn das Jesuskind von Cadaqués ins schulfähige Alter einträte?

Ja. Sorgengeplagt und von Zweifeln angenagt fragte sich Helena da so manches. Und da war ja nicht nur der nächtliche Fragenkatalog zu bewältigen:

Wenn nach Sonnenaufgang das Dorfjesuskind zur Plaza Mayor zurückevakuiert wurde, deckten dann die zwei nunmehr ja völlig übernächtigten Dorfpolizisten den Kleinen auch wieder sorgsam mit Stroh zu? In diesen frühreifen Wintermorgenstunden, in denen sich außer dem staatlich bezahlten Erlösergeleit sonst kein Mensch durch die mit Salzkrusten überwucherten Gassen bewegte, war es stets äußerst säuglingsunwirtlich. Und last not least: Wurde der Sohn eines Zimmermannes und einer jungfräulichen Hausfrau und Mutter eigentlich von wem geküßt? Zum Beispiel zum Abschied von den zwei übernächtigten Dorfpolizisten? Und wenn ja, küßten sie den kleinen Erlöser auf die Wange? Oder auf die Stirn? Oder gar auf den Mund?

Helena sah sich um. Sie sah auch die doppelt besetzte Polizeistreife. Vor dem Glashaus stand ihr Wagen bis zu den halben Rädern im Wasser. Die zwei Polizisten waren nicht ausgestiegen. Von ihren Sitzen aus diskutierten sie wild gestikulierend mit einem holländischen Jeepfahrer, der sein Fahrzeug viel zu weit zur Mitte hin im Flußbett geparkt hatte. Da müsse man noch durchkommen. Und wenn es mit dem Boot sei. Trotz der Entfernung und des Gegurgels im Tatort konnte Helena jedes Wort deutlich verstehen. Da der Holländer aber offensichtlich nur Bahnhof verstand oder verstehen wollte, konnten die zwei Polizisten auch gerade jetzt nicht nach rechts und nicht nach links schauen. Helena wartete nicht mehr länger. Sie riß sich den Schal vom Hals und wickelte das Jesuskind von Cadaqués in die schwarzweiß gemusterten, engmaschigen Stoffasern ein. Arafat würde ihr das bestimmt auch im nächsten Leben nicht verzeihen. Aber das hatte keine abschreckende Wirkung auf Helena. Ein alter einheimischer Mann, der das alles mitbeobachtet hatte, klatschte laut Beifall. Helena hoffte, daß der durchschießende Strom im Flußbett laut genug brodelte. Und daß der Holländer so wunderbar stur und potent arrogant in seinem niegelnagelneuen Landrover sitzen bleiben würde. Ihm oblag jetzt die verantwortungsvolle Aufgabe, die Ordnungskräfte wirksam zu binden, damit Helena einen möglichst großen Vorsprung erhalten konnte, wenn sie jetzt schnörkellos geradeaus ins Belle Epoque laufen würde. Sie ging auch sofort los.

Aber erst, nachdem sie dem kleinen Erlöser hastig zwei Küsse auf die Wangen gedrückt hatte.

Es war noch früh am Abend. Das Belle Epoque hatte gerade erst aufgemacht. Die Tochter des Wirtes, eine stämmige, sehr hübsche Spanierin mit landesuntypischer Gesichtsblässe, sortierte Flaschen in die Kühlschränke ein. Helena war der erste Gast und wurde mit einem stummen Nicken, welches vor ein paar Minuten vielleicht noch geschlafen hatte, begrüßt. Sie bestellte einen Pastis mit viel Eis und Wasser. Da keine Musik lief, hörte sie den Wänden zu, die alte Geschichten nacherzählten. Geschichten, die Helena genau hier vor ein paar Jahren erzählt worden waren. Wie in den siebziger Jahren eine Bar in Cadaqués von vier Junkies betrieben worden war. In doppelt besetzten Wechselschichten hatte man so gut wie rund um die Uhr gearbeitet. Zwei waren vorne an der Theke tätig gewesen, die anderen Zwei hatten hinten im Nebenzimmer alle Hände voll zu tun gehabt. Sie waren auf angehäuften Matratzenfluten gelegen und hatten sich mit Heroin vollgepumpt. War letztere Schicht wieder zu sich gekommen, hatte man durchgewechselt gehabt. Als der Jüngste von ihnen an einer Überdosis gestorben war, hatte das ausgeklügelte System den endgültigen Bruch erlitten gehabt.

Es lief immer noch keine Musik, die Wände erzählten weiter. Wie Ende der sechziger Jahre im damals einzigen Fischrestaurant des Dorfes das auf kleinen Tellern liegende Rechnungsrückgeld in Form von unterschiedlich großen, in Silberfolie verpackten Haschischkanten gereicht worden war. Die Größe eben je nachdem. War man offen für Trinkgelder gewesen, dann hatte man ein paar Krümel und etwas Silberfolie abgezwackt und dem bedienenden Personal in die Hand gedrückt gehabt. Die Größe eben je nachdem. War man gelöst und redselig vor die Tür auf die Plaza Mayor hinausgetreten gewesen, hatte man dem damals einzigen Dorfpolizisten bei der Arbeit zuschauen können. Auch zur späten Nachtstunde hatte er mit der schrillen Trillerpfeife den Verkehr um die Plaza herum geregelt gehabt. Einen Verkehr, der zu solch späten Stunden zu keinem Zeitpunkt mehr vorhanden gewesen war. Auch er hatte sich an den Rechnungsrückgeldern immer wieder bedient gehabt, oft hatte er danach eben noch Lust bekommen gehabt, ein klein wenig zu arbeiten.

Die Tür ging auf. Sofort verstummten die Wände. Nein, es war nicht Maria. Natürlich wartete Helena auf sie, ihre Pulsfrequenz war schon einmal vorausgeeilt. Zwei deutsche Touristen traten ein. Sie trugen beide Hüte und lange schwarze Mäntel. Darunter hatten sie Stiefel mit darübergeschlagenen, bunten Stulpen an. Beide unrasiert, durchnächtigt und mit flackernden Stroboskopblicken. Sie waren etwa in Helenas Alter und schienen häufiger hierher zu kommen. Die Tochter des Wirtes winkte ihnen zu, und sie nickten. Daraufhin legte sie eine Schallplatte von Paco Ibañez auf, servierte drei Flaschen San Miguel und vier gut eingeschenkte Gläser mit Torres, ein qualitativ hochwertiger Weinbrand aus dem nahen Penedès. Helena hatte schon durch bloßes Hinsehen den Geschmack auf der Zunge. Pures Eichenfaß mit zarten Alterungstönen, ein Hauch von Vanille, ein Hauch von feuchter Erde, nicht eine scharfe Kante, nicht eine brennende Amplitude, nicht eine Ausfallerscheinung im Abrundungsprozeß. Am Tisch der zwei Deutschen liefen sechs Wangenküsse im Kreis, die Tochter des Wirtes errötete leicht. Weitere Gäste schienen an diesen Tisch nicht zu kommen, was den Irritationsgrad durch die Anzahl der Flaschen und Gläser nicht gerade minderte. Alles schien ein Ritual, auch, daß die zwei Männer kein Wort miteinander sprachen. Beide zogen sie gleichzeitig ein Buch aus ihren Rucksäcken. Sich stumm gegenübersitzend fingen sie sofort zu schreiben an. Während sie schrieben, klemmten sie ihre Zigaretten im selben Aschenbecher fest. Die saßen sich jetzt ebenfalls gegenüber. Selbst die Füllfederhalter waren exakt gleich. Im Vergleich zu ihrem wortlosen Einverstandensein war der aufsteigende Rauch ihrer im Aschenbecher verglühenden Kippen fast schon penetrant laut. Ab und zu sahen sie gedankenverloren auf. Natürlich gleichzeitig. Der Eine sah nach rechts, der Andere sah nach links, beide sahen sie nach oben. Der Eine rauchte mit links, der Andere rauchte mit rechts, immer trafen sich ihre Hände im Aschenbecher. Der Eine nippte am Weinbrand, der Andere trank einen langen Zug San Miguel, und doch war alles in rascher Geschwindigkeit gleichzeitig leer. Der Eine hatte kurze, dunkle, der Andere lange, blonde Haare, und doch fragte sich Helena, wer das war, diese eine Person, die dort saß. Sie sah ihr leeres Pastisglas an und erwog, doppelt zu sehen. Aber auch das war es nicht.

Sie sah fasziniert hin, bis die Tür elastisch aufschwang. Der Luftzug, der von draußen sofort hineinstürzte, war genauso kalt wie der Luftzug, der von innen hinausfiel. Maria trug ein preußischblaues Kleid mit weitem Ausschnitt. Das Goldkreuz hatte viel Hautkontakt, pendelte aber unruhig hin und her. Ihre schwarzen Netzstrümpfe mündeten in knallblaue Schuhe hinein, ihr schwarzer Hut war von einem ultramarinblauen Band umschlungen, dessen Enden manchmal auch ihre Lippen berührten. Marias erschöpfter Gesichtsausdruck wurde von einer durchdringend porösen Gesichtsblässe getragen. Ihre Hände schienen nur durch die hellblauen Adergeflechte ihre Form bewahren zu können. Helena wußte, daß Maria tiefbraune Augen hatte, aber unwillkürlich fragte sie sich doch, ob sie nicht zumindest braunblau waren.

Wieder einmal hatte Maria den Raum nicht betreten, sondern war frontal in ihn hineingedonnert. Selbst die zwei deutschen Clint Eastwood - Verschnitte hatten gleichzeitig zu schreiben aufgehört. Maria kam ungebremst auf Helena zu und küßte sie fast distanziert auf beide Wangen. Ein junger Franzose namens Jacques stand jetzt hinter ihnen. Maria hatte ihn mitgebracht. Helena schätzte, daß es da um Leibesvisitationen in der Neujahrsnacht gegangen war. Er entsprach auch in etwa Marias Traum vom Amazonas: „Fresh air, fresh drugs, fresh indians." Möglichst in dieser Reihenfolge und in dieser Reihenfolge möglichst vollständig.

Alle setzten sich, die zwei Deutschen fingen wieder zu schreiben an (Gleichzeitig. Anmerkung des Verfassers), die Musik wechselte. Jacques lächelte zwar ununterbrochen, aber nichts an ihm lachte auch nur im Ansatz. Maria war böse. Selbst das Goldkreuz in ihrem Ausschnitt schimmerte richtig metallisch böse. Und Metallica sang „Nothing else matters." Helena spürte genau, daß Maria nicht auf sie böse war. Eine Strömung zwischen zwei Frauen, die in das Meer der Wahrheit floß. Eine wortlos gefühlte Sicherheit von Gewißheit. Eine sensitive Kongruenz, welche aber offensichtlich auch unter Männern zu existieren schien. Jedenfalls schrieben die zwei Deutschen in selbstvergessener Harmonie weiter, das sah verdammt gut aus. Während Helena mit dem ununterbrochen fragenden Jacques notgedrungen ein paar biographische Daten austauschte, konnte sie nicht wegsehen. Nicht von den zwei Deutschen, die in eine Richtung flossen, nicht von Marias Ausschnitt, in den sie mental schon längst eingetaucht war. Im Grunde sah sie überhaupt nichts. Zu stark vibrierte es schon in ihr. Die zunehmenden Erschütterungen ließen kein Bild mehr zu. Auch Jacques verstummte. Er war in Marias Schlepptau, und Maria säbelte genervt schon an den ersten dicken Fasern herum. Selbst das Porträt von Dalí, unter dem sie saßen, schaute irritiert. Eine wutentbrannte Komik, die launisch zwischen seinen Augen hin- und herquirlte. Ein Schnappschuß in das Unterbewußtsein, nur ein Blitzlicht, aber so gestochen scharf, daß jedes Tabu überdeutlich auf der Bildfläche erscheinen mochte. Ein Moment, in dem sich das Porträt von Dalí gut und gern hätte selbst ganz ehrlich befragen können: In Anbetracht meiner Biographie wäre es doch wohl zwingend erforderlich gewesen, als Mädchen geboren worden zu sein? Hatte ich meinem brüderlichen Doppelgänger bereits schon im Mutterleib entkommen wollen? War ich als Kind sexuell mißbraucht worden? Hatte ich später meine eigene Schwester verraten gehabt? Hatte ich das alles in meine Malerei hineinprojeziert gehabt? Wäre ich dazu gestanden, würde ich nicht das Abziehbild meiner selbst geworden sein?

Jacques kicherte nervös. Psychoanalytisch geschult schaute das Porträt von Dalí wie zur Seite weg. Expressionistische Blicke in surrealistischen Augen, das war auch Helena zuviel. Als sie zur Seite schaute, fing Jacques ihren Blick auf, während er gleichzeitig Marias Hutkrempe mit spielerischer Leichtigkeit befingerte. Wie ein Schlachtmesser bohrte sich Marias Blick in seiner Pupillengegendarstellung fest. Wütend drückte sie die Hutkrempe vor ihrem Gesicht wieder nach unten. Noch nie sei sie in der Sonne gewesen. Sie bräuchte ihren Schatten. Nur so könne sie mit optischen Täuschungen navigieren. Jacques schmollte erschrocken, und Maria legte einen Arm um Helena. Es gab keinen Mangel an Standbildern. Eine Wechselbettung in einem Ping Pong - Schweigen, welches aus Einschußlöchern zu bestehen schien. Die Spannung kroch nichtsahnend die Wände hoch. Auch kein weiterer Gast, der nichtsahnend den Auflockerungskasper hätte spielen können.

Die zwei Deutschen räusperten sich gleichzeitig, als sie sich gegenseitig Feuer gaben. Helena spürte Marias flehende Hand an ihrem Brustansatz und fragte Jacques, ob er nicht gehen wolle. Jacques verneinte. Die zwei Deutschen erhoben sich, zahlten getrennt und küßten gleichzeitig die Tochter des Wirtes auf die Wange. Sie grüßten und gingen. Und Maria und Helena auch.

Arm in Arm liefen sie ins L'Hostal. Es lag um die Ecke und hatte gerade aufgemacht. Hüfte an Hüfte traten sie in eine Art Wohnzimmerdiskothek, in der Dalí immer noch anwesend zu sein schien. Im hinteren Raum, dem Wohnzimmer, brannte ein Kaminfeuer, welches von zumeist blaugrundigen Bildern des Katalanen umrandet wurde. Darüber die kleine, von ihm zusammengestellte Bibliothek. Unter den gemütlichen Tischen im Kerzenlicht eine große Anzahl von Rucksäcken, in denen sich eingeschmuggelter, zumeist hochprozentiger Fremdalkohol verbarg. Die Preise an der Theke im vorderen Raum zogen das nach sich. Das Personal wußte, was da alles eingeschmuggelt wurde, ging aber stets sehr tolerant damit um, da sich das L'Hostal allein schon durch den offiziellen Bier- und Mineralwasserkonsum tragen konnte. Im vorderen Raum, der Diskothek, fing gerade eine Live-Band aus Holland zu spielen an. Rock'n Roll aus den Endfünfzigern, gar nicht so schlecht fusioniert mit melodiösen Hardrock-Anwandlungen. Das Prunkstück der Diskothek war die meterlange Theke, auf der seit der Eröffnung der Lokalität weiße Kerzen abgebrannt wurden. Mehrere Kubikmeter Wachs gaben der Theke eine inzwischen fließende, fast schwebende Form. Tausende von Kerzenstümpfe waren in bräunlich weißen Friedhofshügeln, die über jeden Tod hinaus kollektiv mitgewachst worden waren, versunken. Darin hatten sich übermenschlich große Köpfe mit dickrandigen Gehirnauswuchtungen gebildet. Schon in ahnungslosen Seitenblicken wabberte sofort die Optik. Auch heute brannten weiße Kerzen auf der weiterwachsenden Flut der weichgezeichneten Anfaßbarkeit. Über der Theke hing ein riesiges, stark vergilbtes Filmplakat von „Das Licht am Ende der Welt." Schon beim zweiten Stück der Live-Band tanzte das Publikum ekstatisch mit. Vermutlich hatte das mehr mit Drogen als mit der baßbetont monotonen Rhythmik einer Cover-Band aus Holland zu tun. Im Eingangsbereich, an der gegenüberliegenden Wand zur Theke, hingen Schwarzweißphotos. Dalí und Kirk Douglas. Dalí und Buñuel. Dalí und Gala. Dalí und Amanda Lear. Dalí und Lorca. Dalí und Herman Brood. Dalí und Walt Disney.

Helena setzte sich ins Wohnzimmer. Maria ging auf die Damentoilette und warf Speed ein, bevor sie auf der kleinen Tanzfläche hautaufreißend davonzuckte. Im Wohnzimmer hing ein Schwarzweißphoto von Dalí. Ein überdimensional gezwirbelter Schnurrbart unter weit aufgerissenen, mit Wahnsinn geränderten Augen. Die Pupillen so starr und leblos wie in einem präparierten Tierkopf. Der schreckensweit geöffnete Blick ungläubig erstarrt und animalisch erloschen, wie in einer Direktaufnahme unmittelbar nach dem Fangschuß. Der gezwirbelte Schnurrbart zeigte steil nach oben, während sich der darunterliegende, starre Mund zusammen mit einer tief verporten Kinnfalte aus der Waagerechten steil nach unten wölbte. Irgend etwas stimmte an diesem Bild nicht. Irgend etwas war ganz schief. Als ob auf dem Bahnsteig des Lebens nie Tränen auf den Schienen liegen durften. Als ob der Tod die Lebenskraft war.

Was war es, wovon Helena immer wieder magnetisch angezogen wurde? Was war die Bezugsbrücke zwischen Dalís Bilderwelt und ihrem Leben?

Für Helena hatte der Surrealismus des Salvador Dalí ein Geheimrezept, hinter das sie noch nicht so recht gekommen war. Jede dargestellte Leere war immer exakt randvoll. Angezogen war wie nackt, und nackt war wie angezogen. Ein Dahinrausch mündete stets in ein Daherdamals.

Wenn Dalí auf der Suche nach dem Modernen gewesen war, dann hatte er nie auf einen Punkt gestarrt, sondern immer gleich ins Universale geschaut. Helena mußte sich schon fragen, ob heutzutage überhaupt noch auf einen Punkt gestarrt wurde. War nicht alles verflimmert, weichgezeichnet, unkenntlich gemacht und bewußt verschwommen präsentiert? Mit einer brillant ausgearbeiteten Technik war es Dalí gelungen, verschwommene Visionen aus seinem Unterbewußtsein bis zu einer fast blendenden Klarheit zu verdichten. Eine blendende Klarheit, die direkt und unerschrocken bis an die Schmerzgrenze der visuellen Möglichkeit des menschlichen Auges ging. Sogar darüber hinaus. Eine fast mineralische Kraft. Etwas, was Computern und Maschinen nie gelingen würde. Die mineralische Kraft war durchdringend rein und unschuldig, etwas, was man in dieser Form nur in den Augen von Neugeborenen fand. Die elektrische Kraft war durchdringend schmutzig und verbraucht, etwas, was man in dieser Form nur in den Augen von Sterbenden fand. Da Helena nun nicht jeden Tag von neuem Kinder gebären konnte, hatte so eine mineralische Kraft in einer elektrischen Welt schon einen hohen Rettungsankercharakter.

Für Dalí war seine Unrast gleichzeitig seine Katharsis gewesen. Auch das war Helena nicht fremd. Auch das war Helena nicht fremd? Pauschal und nicht aussagekräftig klang das. Es mußte ein magnetisches Zentrum geben. Vielleicht in der von Dalí als solche bezeichneten „paranoisch-kritischen Methode". Etwas, was He-

lena sich nicht traute, so wie sich viele oder fast alle nicht trauten, wonach sie aber wie nach einen Lebensmittelpunkt unablässig dürstete. Eine Art Zentrum der permanenten Schwerkraft. Laut der Definition von Dalí dürstete sie also nach einer „spontanen Methode irrationalen Wissens, basierend auf der interpretativen kritischen Assoziation delirischer Phänomene".
Aha. Was sollte das denn heißen?

Dalí war es offensichtlich geglückt, den ständig wiederkehrenden Bildern aus seiner Kindheit und seines Unterbewußtseins, aus seinen Zwangsvorstellungen und seinen Wach- und Schlafträumen erst einmal ihre ursprüngliche, womöglich reine Ausgangsform zu belassen. Erst dann hatte er sie in einem bewußt paranoiden und psychoanalytisch geschulten Prozeß ausgearbeitet. Dabei war es ihm wie nebenbei gelungen, etwas thematisch Unverarbeitetes künstlerisch vollendet auf die Leinwand zu bringen. Allein diese zwei Prozesse getrennt zu bekommen, schon da wurde Helena schwindelig. Aber sie hatte Sehnsucht danach. Sie hatte Sehnsucht nach diesem verrückt unverrückbaren Felsen in der Brandung, der mit Schwerkraft vollgesogen zwischen Import- und Exportseele schadlos umherpendeln konnte, ohne jemals das Fundament zu verlieren. Sie hatte Sehnsucht nach dieser Art von kosmischer Phantasie, mit der es Dalí gelungen war, farbige Schnappschüsse aus dem Unterbewußtsein direkt auf die Bildfläche zu bekommen. Und das auch noch ohne Grautöne.

Dalí hatte in prüderen, tabureicheren Jahrzehnten gelebt als Helena. Kot. Blut. Fäulnis. Das waren für ihn die kardinalen Lebensthemen. Dies in den dreißiger Jahren fast schmerzhaft deutlich darzustellen, war das Mut? War das Übermut? War das gesellschaftspolitisches Harakiri? War es wirklich nur die pure Lust, zu provozieren, zu schockieren? Bestimmt war Dalí damals seiner Zeit weit voraus gewesen. Betrachtete man es von heute aus, dann hatte sich sein großer Vorsprung in einen nicht mehr aufzuholenden Rückstand verwandelt. Kot. Blut. Fäulnis. Damit konnte man heutzutage niemanden mehr provozieren oder gar schockieren. Schockierend war für Helena die Fragestellung, mit was ihre Generation und die Generation ihrer Kinder überhaupt noch zu schockieren war. Kinderschänder und Babypornos, das schuf jetzt gerade noch Entsetzen. Aber wie würde das in den nächsten Jahren, die schon am nächsten Jahrtausend anklopften, sein?

Zweifelsohne war Dalí sensationslüstern und provokationsgierig gewesen. Aber für Helena war der Katalane auch ein sehr, sehr mutiger Mann.

Vor ihm waren viele ermordet worden. Dafür, daß sie auch nur einen Bruchteil von seiner zumindest bildlichen Offenheit der Öffentlichkeit preisgegeben hatten. Mochte Dalí seine wahre Persönlichkeit auch noch so verborgen gehalten haben, mochte er in der Öffentlichkeit für seine intrapsychische Fallenstellung auch noch so berühmt gewesen sein, seine Bildersprache war schnörkellos direkt und hemmungslos klar. So direkt und klar, daß sie jahrzehntelang aufgestaute Konventionen einfach wegsprengen konnte. Der Sprengsatz war ja auch nicht von schlechten Eltern: Das Erotische mußte häßlich, und das Ästhetische mußte göttlich sein. Blieb für den Tod übrig, daß er schön zu sein hatte. Verzerrte Hände erdolchten versteinerte Herzen. Schillernde Schweißperlen verdampften auf matten Scheidenwänden. Krücken stützten das Gesunde, nicht das Kranke. Rhinozeroshörner spießten den Übergang zwischen Leben und Tod, der bis dahin mit Flucht verbarrikadiert war, auf. Selbst Kadaver mußten noch dafür herhalten, eine zertrümmerte Sexualität zu reparieren. Lebensbereiche und Todeszonen, die Helena zwar nicht unbekannt waren, die sie aber kaum herausließ. Aus sich. Im Gegensatz zu Dalí, der das alles fast photographisch seziert in Öl auf Leinwand festgehalten hatte.

Helena brauchte keine Sensation. Helena brauchte manchmal die Provokation. Helena brauchte dringend diese hemmungslose Offenheit ohne effekthaschende Augenwischerei. Helena brauchte dringend diese pure Schärfe einer lebenslodernden Todessehnsucht auf einer glasklar strukturierten Farbskala.

Offensichtlich war Dalí die Gnade zugestanden, die Einheit von Zeit und Raum erfahren zu dürfen. Im Grunde bestand sein bildnerisches Gesamtwerk über siebzig Jahre hinweg nur aus einem Bild. Auf circa eintausendfünfhundert verschiedenen Leinwänden hatte Dalí *das* Bild gemalt. Circa eintausendfünfhundert Mal das geologische Delirium der Landschaft um Cadaqués. Circa eintausendfünfhundert Mal Meeresrequisiten in Krustentierformen. Circa eintausendfünfhundert Mal schien nachts die Sonne, und circa eintausendfünfhundert Mal ließ tagsüber der Himmel vergitterte und geschwärzte Plexiglasscheiben herunter. Circa eintausendfünfhundert Mal streng eckige Vaterfiguren. Circa eintausendfünfhundert Mal im Wind flatternde Kinderfiguren. Circa eintausendfünfhundert Mal wohlproportionierte Frauenfiguren.

Circa eintausendfünfhundert Mal *das* Bild im Kontrastschwerpunkt von hart und weich. Hart waren die Schwänze und Krücken. Hart waren die Felsen vom Cap de Creus und die Rhinozeroshörner. Hart war der Raum. Weich waren die Brüste und die Gesäße von Gala und von seiner Schwester. Weich waren die Münder und die Uhren. Weich war die Zeit.

Hart war der Raum. Weich war die Zeit. In Dalís Bilderwelt.

Helena erschrak. War heute nicht exakt das Gegenteil der Fall? War heute überhaupt noch etwas der Fall? Für Helena war Dalís Bilderwelt die mündliche Prüfung der eigenen Nachgeburt. Die Inspiration des Künstlers war zu ihrer eigenen betrachtenden Inspiration geworden. Dalí lud den Betrachter, also auch Helena ein, „in die Eingeweidentiefen der ästhetischen Seele der Blutgeometrien einzutreten", so hatte er diese Eintrittskarte einmal selbst bezeichnet.

Robert Descharnes hatte Salvador Dalí 1951 kennengelernt gehabt. Über fast fünfzehn Jahre hinweg hatte er den Maler in seiner Arbeit und seinem Tagesablauf in Port Lligat photographiert, hatte er den Ehemann von Gala abgelichtet, hatte er den schillernden Publicitygockel im verdunstenden Umkreis von Honorationen auf Hochglanzpapier entwickelt gehabt. Mit Sicherheit hatte er einen der tiefsten Einblicke in das Seelenleben des Künstlers gehabt. Um so weniger Worte waren für ihn notwendig gewesen, um Dalí zu beschreiben. Dalí als „Einstein der Paranoia", hatte es da kurz und bündig geheißen.

Das war es eben auch. Auch für Helena war Paranoia mehr Heimat als Fremde. Leider. Aber auch zum Glück.

Das Waschbecken auf der Damentoilette war von einem tiefen Blau, wie es Helena in ihrem Leben noch nie gesehen hatte. Auch das tat dem Auge fast weh. Es roch nach zerquetschtem Schweiß und verbranntem Parfüm. Die Frauen in der Warteschlange hatten bis zur Toilettenschüssel noch einen weiten Weg vor sich. Das Hauptbetätigungsfeld galt jedoch nicht dem Urinieren. Von dem tiefen Blau des Waschbeckens weg wurde eine nicht gerade kurze Linie Kokain in geifernde Nasenflügel gezogen. Vor dem Spiegel wurden rotdünstende Alkoholblessuren mit Farblosigkeit überschminkt. Mit beiden Händen wurden Brüste, die sich irgendwie selbständig gemacht hatten, in die richtige Form zurückgepreßt. Man lachte, man scherzte, keine Schlägereien, keine Eifersuchtsdramen. Auf dem hellgrün gefliesten Toilettenboden kontrastreiche Spuren aus dunkelbraunen Haschischkrümeln. Folgte man diesen Spuren bis zum Ende, dann war man dran. Helena wagte noch nicht aufzuatmen. Zu überspannt war die Lage in ihrer Blase. Hastig schloß sie die Tür hinter sich, riß an ihrer Hose, wieder hatte es gerade noch einmal gereicht.

Vor der Tanzfläche coverte die holländische Band gerade Lieder der holländischen Gruppe „Nits". Da konnte auch Helena nicht widerstehen, in diesen „Dutch mountains". Hart ging es zu, auf der Tanzfläche. So mancher Bewegungsenthusiast schien ausschließlich nur aus zwei Ellenbogen und zwei spitz hervorstehenden Knien zu bestehen. Helena sah beim Tanzen nach oben, wo sich zuckendes Schwarzlicht und flackernder Kerzenschein in einer Rauchkuppel paarten. Sie war glücklich. Auch wenn Gianni tot war. Sie war der Paranoia nicht entkommen, aber sie hatte zwei gesunde Kinder, einen Beruf, und seit ein paar Jahren konnte sie auch immer wieder ausbrechen. Sogar bis hierher, bis in das Licht am Ende der Welt. Helena tanzte sich ihre Krücken aus dem Leib, sie brauchte sie nicht mehr. Was für eine Augenblicklichkeitslotterie. Das war schon eine Inflation der Seele, kein Kleingeld der Träume mehr. Im Grunde hatte sie diesen Moment ihren Kindern zu verdanken. Sie hatten zu ihr gesagt: „Du fährst jetzt. Du kannst Silvester nicht mit uns feiern. Du bist zu alt für Trash Metal, New Wave und Neue Deutsche Welle". Musikrichtungen, die von ihren Kindern überhaupt nicht konsumiert wurden. Wenn ihre Kinder Musik hörten, dann von Gianna Nannini, U2, Police, R.E.M., Patti Smith, Jethro Tull und Pink Floyd, eine Welt, in der auch Helena zu Hause war.

Sie schwitzte und lachte und zuckte weiter. Und plötzlich lag sie engumschlungen in Marias Armen. Sie schwitzte und weinte und hangelte sich Marias Körperströmung entlang. Die holländische Cover-Band schwenkte auf einen Walzer. Helena und Maria nahmen klassische Standardhaltung ein, Maria führte. Ab und zu prallten sie frontal in den Radius der direkten Nachbarschaftspirouetten. Das blieb wie unbemerkt, kaum einer war noch in der Lage, die Vitalität der Sinneskraft zu spüren. Maria führte zunehmend wie ein Derwisch. Helena konnte kaum mehr zwischen dem Schwarzlichtgeflirre und dem Flackern der brennenden Kerzen auf der Theke unterscheiden. Maria preßte ihre Wange an Helenas Wange und schrie ihr ins Ohr, daß sie schon morgen am Abend von Barcelona nach London fliegen würde. Helena wollte bremsen, aber Maria riß sie weiter mit. Erst die holländische Cover-Band beendete mit einem Tusch den helenschen Taumel und kündigte das letzte Stück an. „Tears in heaven" von Eric Clapton. Also ein ganz klassischer, in dieser Klassik sogar sehr engumschlungener Stehblues, wenn man Marias und Helenas Situation betrachtete. Morgen am Abend würde Maria dann in London sein. Wo würde Helena morgen am Abend das schwarze Loch neben ihr hüten?

Laut rasend spürte Helena Marias Herzschlag an ihrem Herzschlag. Die holländische Band coverte die Tränen zum Himmel hinauf aufreizend schlecht, aber die zwei gegeneinanderschlagenden Herzbeutel hatten ihr eigenes Lied gefunden. Da dröhnte ein taktverschleppter Blues von der Bühne, aber in den zwei ineinandergeschlungenen Frauenkörpern hastete eher ein kubanischer Salsa vorwärts. Dann hatte es sich ausgecovert. Der Beifall hielt sich in Grenzen. Das stroboskopische Nervengewitter leierte dem Stillstand entgegen. Helena und Maria spendeten überhaupt keinen Beifall, sie blieben engumschlungen stehen. Erst als die Band schon mit dem Abbau der Musikanlagen anfing, lösten sie ihren Stehkonvent auf. Arm in Arm traten sie an die Tropfkerzenbar und bestellten Bier. Tausende, zehntausende, vielleicht schon hunderttausende von abgebrannten Kerzen hatten barock geschwungene Formen auf die Theke gezaubert. Am wahrscheinlichsten waren jetzt frauliche Körperformen. Unwillkürlich strich Helenas Hand über Wachsbrüste und Stearinpobacken.

Draußen vor der Tür war der erste Atemzug eine brennende Erlösung. In konischen Luftspiralen sank er zu Boden. Maria und Helena wurden sofort von Hochgeschwindigkeitswolken überfahren. Immer wieder konnte der Mond den bedrohlich schwarzen Fronten entkommen. Höhnisch schwang er eine fast himmelsgroße Peitsche, mit der er Welle um Welle gegen den Strand, auf dem Helena und Maria jetzt standen, knallte. Stürmisch aufgescheuchte Nachtluft pfiff pfeilschnell durch die Äste der Platanen, welche alleenhaft aufgereiht die Strandlinie kopierten. Nicht ein Blatt leistete Widerstand. Auch im Süden hatte der Winter seine Sterbegesetztafeln gewissenhaft verteilt. Hunderte von Ästen schlugen gleichzeitig gegeneinander, Maria und Helena verstanden ihr eigenes Schweigen nicht mehr. Mit offenem Maul hatte die nächste Schwarzwolkenfront den Mondkörper bereits wieder im Visier. Die Schneidezähne säbelten schon an den linken Rundungen herum. Wie an einen Stammbaum gelehnt, wurden die Rücken von Helena und Maria von einer Platane gestützt. Würde sie das noch einmal halten können?

Ertrug man die Erinnerung so schlecht, weil man die Zukunft nicht schon mit der Gegenwart abschließen konnte? Wollte man sich möglichst früh im Leben unbedingt selbst einholen, um sich nicht hinter, sondern vor sein Leben stellen zu können? Wollte man damit dem Leben seinen wohlverdienten Tod vorwegnehmen? Wollte man also das Sterben möglichst gleich am Anfang hinter sich bringen, in der Hoffnung, danach nur noch zu leben? Quasi ewig?

So kam es Helena manchmal vor, das vorwärtsgepeitschte Leben. Und das Peitschen hatte man schon selbst übernommen, wenn man glaubte, aus einem Einhundert-Meter-Sprint einen Marathonlauf machen zu können. Da konnte man noch so demütig und freigeistig irgendwelchen Ideologien, Idealen oder Religionen verfallen sein. Helena war sich sicher, daß der Mensch von 1989 und jetzt neuerdings auch von 1990 wahnhaft übersteigert etwas anstrebte, was vom Urknall an stets nur bestimmten Gottheiten vorbehalten gewesen war. Solche Gottheiten, die noch nie an eine bestimmte Ideologie oder Glaubensrichtung oder an ein Ideal gebunden gewesen waren. Gottheiten, die es wahrscheinlich schon längst vor dem Urknall gegeben hatte. Gottheiten, die nie bis zum Mars, sondern maximal bis zum nächsten Staubkorn im Wind kommen wollten.

Maria griff nach Helenas Hand. Die Platane, an die gelehnt sie standen, hatte zumindest augenscheinlich ihren Neigungswinkel nicht verändert. Sie schlenderten am Glashaus vorbei, sahen kurz hinein, in diese Überdosis an verzweifelten Lachmuskeln und scherzverzerrten Masken. Sie wußten es ja beide. Das Authentische saß im von außen nicht einzusehenden Nebenraum mit kleinen Gläsern Rotwein und Cigarittos zusammen. Die Fischer, die Olivenzüchter, die Schafhirten, die Weinbauern. Die Einheimischen. Sie schlenderten weiter über den kurzen Strand von Port Dogué, bevor im westlichen Gassengewirr von Cadaqués ihre Schritte langsam hohler wurden.

In Marias Appartement roch es nach kaltem Rauch und penetrant abgestandenem Männerparfüm. Die Bettlaken waren zerwühlt, die Aschenbecher quollen über. Leere Weinflaschen hatten sich unauffällig unter das Volk der mit Speiseresten verklebten Teller gemischt. Hatte Helena jetzt den Mutterblick? Zum Glück lag auf dem Nachttisch ein Buch von Nietzsche, interessanterweise in einer englischen Ausgabe. Das relativierte den Mutterblick sofort. Der Gasofen stotterte ab und zu, Helena konnte nicht im entferntesten ausmachen, ob es heiß oder kalt war. Maria riß ein Fenster auf. Sie zog sich aus, kam nackt auf Helena zu und entkleidete sie in einer Geschwindigkeit, die Helena astronomisch vorkam. Sie fühlte sich nicht nackt, als sie nackt in Marias Schritt stand. Dort war es schon feucht, Helena spürte ein dickwandiges Pulsen. Jegliches Berührungsgeplänkel und Vorspieloratorium war ausgeschlossen. Brust an Brust, Mund an Mund, Unterleib an Unterleib schweißten sie sich aneinander. Es gab keine Standorte mehr, Maria war wie überall, stand plötzlich auch hinter Helena und massierte mit ihren engelsschnellen Händen Hautmündungen, dort, wo Helena die Ränder zu ihrem Anus hin vermutet hätte. Helenas Herzschlag schnellte entlang der Karotis über ihren Kopf hinaus, um dort noch Luft bekommen zu können. Aber auch dort war die Luft wie verschwunden. Ihre Eierstöcke schienen entlang der Scheidenwände in die Schamlippen zu rutschen, während Maria auf dem Tisch saß und hechelnd in ihre Finger hineinstürmte. Hände massierten Brustwarzen, die in Mündern schwollen. Körperformen verloren ihre ursprünglichen Größenverhältnisse. Ineinandergeschlungene Schenkel rieben sich in einen Gordischen Knoten hinein, dessen Biegsamkeit zum Knotenpunkt hin noch anschwoll. Schweißtropfen perlten aus Vulven, die wie Austernmuscheln aufklappten und ausgeschlürft wurden. Als Helena und Maria nacheinander aufschrien, waren Zeit und Raum schon längst verstummt. Ihre schlingernd zuckenden Wogen waren in einer Art von Unsterblichkeitsdimension abgetaucht. Natürlich konnten sie da nicht bleiben, aber sie waren dort jetzt nun einmal angekommen. Ihr auslaufender Atem flatterte sich zitternden Schenkeldreiecken entlang. Ihr abflauendes Herzvolumen hielt sich an pumpenden Brusthügeln fest. Der Dauerreiz, der auf ihren Hautschichten gelegen hatte, tat nicht mehr weh. Sanft und wohlig flaute ein Sturm ab, den Helena noch nie so intensiv erlebt hatte.

Das Goldkreuz zwischen Marias Brustansätzen schimmerte wie ein mit Neon durchtränkter Rettungsanker in einem Zwielicht, das schon wieder aufflammen wollte. Zwischen Nachtgrau und Morgengrauen verirrte sich die Zeitdimension wieder näher zu einem Realitätsfetzen hin, der die Augen von Maria und Helena langsam schloß.

Dem Sonnenlicht im Zimmer nach mußte es gegen Mittag gehen. Helena blinzelte und mochte kaum glauben, daß sie in einem Bett lag. Neben ihr lag Maria, den Rücken auf die abgewinkelten Ellbogen gestützt. Im Sonnenlicht war es noch offensichtlicher, Marias Haut war makellos. Abgesehen von den unzähligen, nicht immer kleinen Narben, die sich am Bauch, an den Innenseiten der Schenkel und in den Leisten angesammelt hatten. Maria sah Helena dabei zu, wie sie von ihr betrachtet wurde. „Ausgedrückte Zigarettenkippen", meinte Maria tonlos und warf sich auf den Bauch herum. Spätestens mit zwanzig hätte sie das gebraucht. Um sich überhaupt noch zu spüren.

Helena kannte so gut wie keine Frau, die einfach so eine einfache Vergangenheit gehabt zu haben schien. Und gleich würde Maria die Koffer packen und zwei, drei Valiums lang mit dem Bus nach Barcelona fahren, um von dort aus per Flugzeug ihren Sohn in London zu besuchen.

Helena lag auf dem Rücken. Selten hatte sie sich so wohlig auserschöpft gefühlt. Hob sie den Kopf, dann konnte sie sich entlang ihres nackten Körpers wie ins Gesicht schauen. In der Fleischlichkeit war noch Spannkraft. Aber in den letzten Jahren hatten Arbeit und Anstrengung, Selbstzweifel und ununterbrochen nörgelnde Selbstkritik, und vor allem die daraus resultierenden Betäubungen, um dies alles nicht permanent spüren zu müssen, eine Alterungsspirale in Gang gesetzt, deren Spuren immer schlechter zu übersehen waren. Die ersten Erschlaffungskeime trugen schon zarte Früchtchen. Was hatte Gala noch mit sechzig Jahren für einen begnadet jugendlichen Körper gehabt. Leider, ohne Mut zu machen. Für die altersuntypische Straffheit hatte sie einen hohen Preis bezahlen müssen. Die Unsummen von Frischzellenkuren, die sie für straffe Brüste, Hüften, Pobacken, Schenkel und Gesichtszüge in ihren Körper hineinjagen ließ, hatten schon weit vor ihrem Tod dafür gesorgt gehabt, daß ihr die Haut an den anvisierten Stellen immer wieder geplatzt war.

War es möglich, in einem zunehmenden Alter eine zunehmende Unschuld zu finden? Hieße das dann nicht, daß man Glatteis auch mit Glatteis schmelzen konnte? War das wirklich möglich? Zum Glück war Helena keine Physikerin. Das machte die Bejahung der Frage so gut wie einfach.

Helenas Jungbrunnen, die auch ihren Körper jetzt noch annähernd im Spannungsgleichgewicht halten konnten, waren immer ihre zwei Kinder gewesen. Und die waren jetzt beide schon so gut wie aus dem Haus. Wohin dann?

Helenas Wurzeln schimmerten plötzlich wie obdachlos durch die aufgesprungene Erde. Maria war ein anderer Planet. Emily und Jakob würden bald eigene Familien haben. Hatte Deutschland ohne die beiden überhaupt eine Wurzel bis zum Grundwasser? Giannis Heimat war immer Italien geblieben, und so richtig heimelig zu Hause war Helena auch nie gewesen, in ihrem Geburtsland.

Warum dann jetzt nicht nach Genova?

Genua war ein an den Hang geklatschter Moloch aus schulterengen Gassen, in die selbst im Sommer kaum Tageslicht fiel und in denen man im Winter nicht mehr erkennen konnte, ob man entweder auf Unrat oder auf tote Ratten trat. Genua war ein Tauchsieder illegaler Einwanderer, Schmuggler, Junkies, Prostituierter und multikultureller Überlebenskünstler. Genua war eine internationale Absteige mit harten Pritschen auf nackten Steinfußböden. Genua war ein Steigungsregenvorhang, der den skrupellosen Menschenhändlern ihre nordafrikanische Ware tarnte. Genua war verrucht, durchtrieben und gefährlich.

Und doch war Genova „la vecchia signora", die alte Dame, mit einem bunten Kostüm aus Stolz, Würde und Anziehungskraft. Genova blieb der Knotenpunkt in Unendlichkeiten. Auf das Wasser hinaus, in den Himmel hinein. Fährschiffe fuhren, Flugzeuge flogen, die Stadtautobahnen drehten sich wie im Kreis, aber mit viel Geduld und Fahrgeschick konnte man auch ihnen jederzeit entkommen. Sie wirkten zwar wie Gefängnisse, aber an keiner Ausfahrt tummelten sich Gitter und Wärter. Und Genova hatte einen Puls. Kräftig schlagend, so kräftig schlagend, daß er auch jederzeit neben der Spur pumpen konnte. Etwas, was Helena in Deutschland sehr vermißte.

Warum dann jetzt nicht nach Genova?

Auch Marias Pobacken pulsten. Sie hätte längst schon packen müssen, aber auch ihr Goldkreuz hing wie gelähmt nach unten.

Die Magnetnadeln zwischen Helena und Maria flirrten richtungsgestört durcheinander, flossen orientierungslos auseinander. Maria rollte sich auf Helena und weinte. Ihr Leib schluchzte, ihr Unterleib flatterte. Wie Starkstromschläge zuckten die Magnetnadeln. Alles wühlte, alles pumpte, alles verhakte sich stoßweise. Nie wieder wollten sie das loslassen. Nichts anderes war vorstellbar. Maria drückte sich schmerzhaft in Helena hinein, bevor sie aufsprang und in ihre Kleider stürzte. Dicke Tränen rollten unaufhaltsam über Helenas Brust und flossen im Bauchnabel ab. Sie blieb starr sitzen, rauchte und schaute Maria beim Packen zu. Maria packte nicht, sondern warf alles zufällig Aufgegriffene wahllos in den Koffer hinein. Helena hatte auch das Gefühl, daß sie es nicht packte. Sie zog sich an und beantwortete Marias Frage – wie sie jetzt bitteschön drei Hüte übereinander tragen sollte, sie bräuchte mehr Schatten, um ihr Gesicht ganz wegzuretouchieren - nicht.

Helena trug Marias Koffer zur Busstation. Die stürmischen Wogen der letzten Nacht machten ihn schwerelos. Die Gewichte saßen woanders. Ein glasklarer, reingewaschener Tag. Kein Wunder, nach so vielen Vollwaschgangprogrammen. Sie gingen Hand in Hand, beide Hände waren kalt. Der Bus nach Barcelona stand schon da. Helena stellte den Koffer ab. Maria öffnete den Verschluß zu ihrem Goldkreuz und hängte es Helena um den Hals. Zum ersten Mal blickten sie sich lange tief in die Augen. Sofort schoß Wasser durch, mit Aquaplaning war kein Durchkommen möglich. Der Busfahrer hupte, er wollte los. Mit Abschiedssequenzen, die schon in der Entstehung eine Ewigkeit offenbarten, hatte er wohl Erfahrung. Wange an Wange blieben Maria und Helena stehen. Erneut hob der Busfahrer die Hand über die Hupe. Bevor sie nach unten fiel, stieg Maria abrupt ein. Sofort setzte sich der Bus in Bewegung. Maria küßte die Scheibe, die kalt sein mußte. Helena konnte überhaupt nichts machen. Stand da. Fassungslos. Auch, als der Bus um die nächste Straßenecke und somit visuell weg war. Auch noch, als plötzlich überhaupt nichts mehr da war.

Auch Helena war nicht mehr da. Lautlos und zentriert kam ihr alles vor. Die Starre als bildliche Möglichkeit für Stille. Alle Himmelsrichtungen kamen aus einer Richtung. Helena sah wie in einen Schraubstock gespannt starr geradeaus. Nicht um ein Molekül bewegte sie sich weiter, sie atmete flachgestellt, man starrte sie an. Maria würde jetzt in den Serpentinen aus Cadaqués heraus an ihrer ersten Valium basteln. Den Paß von Peni hinauf würde sie an diesem klaren Tag schon im Nebel sehen. In immer kleiner werdenden Ausschnitten, welche die Haarnadelkurven immer wieder freigeben würden, verschwände Cadaqués in prickelnd perlenden Tropfenformen. Noch vor der Paßhöhe wären alle Tropfen ineinander geflossen und zu Nebel verdampft.

Natürlich schien die Sonne, natürlich spürte Helena eine Art von Wärme. Aber wie machte das die Sonne, mit diesen zugeschwollenen Augen?

In Helenas Körper tobte noch die letzte Nacht weiter. Seismographische Erschütterungen machten aus dem schnörkellosen Asphalt einen erdbebenzerwühlten Straßenverlauf. Erst als Helena in den Schatten taumelte, konnte sie richtig weinen. Sie stützte sich auf eine Bank, kam in kreisenden Spiralen mühsam zu einer Art Sitzhaltung herunter. Eine alte, schwarzgekleidete Frau setzte sich neben sie und hielt ihre Hand. Ununterbrochen sprach sie in katalanischer Sprache auf Helena ein. Helena verstand kein Wort, aber sie spürte die Wirkung der verknöcherten Hand. Ein Porträtmaler irrte durch die Gassen. Von weitem kreiste er mit schmalem Aktenkoffer um das Porträt, welches er nicht mehr fand, das er vielleicht in Helena und der alten Frau gefunden hatte, ohne sich jedoch einen Schritt näher heranzutrauen. Helena küßte die verknöcherte Hand der Frau, die verrunzelte, mit braunen Flecken übersäte Haut, und legte ihre Hände auf die eingefallenen Wangen von achtzig Jahren Einsamkeit. Im Weggehen verbeugte sie sich leicht. Maria mußte jetzt aus den nach dem Paß von Peni in die offene Ampurdán-ebene abfallenden Serpentinen inzwischen heraus sein. Richtung Autobahn. Richtung Figueras. Richtung Barcelona. Richtung London. Richtung Aufnimmerwiedersehen.

Selbst auf der Zunge noch klopfte jetzt Helenas Herz. Kraftlos winkte sie in eine Gasse hinein, die Marias Richtung, die Richtung Aufnimmerwiedersehen, folgte. Schattenwürfe machten das Kopfsteinpflaster stumpf. Helena ging rasch weiter. In die nächste Gasse fielen Sonnenstrahlen. Von dort aus winkte ihr Gianni zu. Dicht hinter ihm standen Emily und Jakob. Ihre Arme lagen auf Giannis breiten Schultern.

Oben auf dem Cap de Creus jagte der stürmische Wind die Sonnenstrahlen vor sich her. Helena hüllte sich in eine Decke und saß mit dem Rücken gegen die Mauer des herrschaftlichen Gebäudes der Bar gelehnt. Sie saß allein dort und sah mit gläsernen Augen in die tiefblaue Weite der horizontlosen Meerunendlichkeit. Drinnen in der Bar war es voll. In Helena auch. Dort fand ein brütender Ringkampf zwischen der letzten Nacht, der augenblicklichen Unendlichkeit und der genuesischen Aussichtsplattform statt. Die ausgelegten Ringermatten umfaßten das Kap, das Dach der Welt, mitten im Winter, in der Vorhut eines äquatorialen Sonnenhöchststandes. Nur der Heilige Geist arbeitete wohl weiter unter Tage, im Bergwerkstollen. Gott und Jesus hatten es da weitaus klüger angestellt. Sie waren aufgestiegen, aber nicht in den Himmel. So war aus Gott ein ganz irdischer Designer, aus Jesus ein hochkarätiger Goldschmied geworden. Unter diesem Himmel sah man das klar und deutlich. Helenas Müdigkeit blieb wohltuend schlafunbedürftig. Zwischen ihr und der Horizontlosigkeit kleine Inseln, die Dalí hundertfach gemalt hatte. Ab und zu trat ein richtiger Mensch neben sie auf die Terrasse, sah ebenfalls in die Nähe der Sonne, inhalierte jedoch statt der Weite den Rauch einer Filterzigarette. In diesem Ambiente wirkte das wie ein ärztlich verschriebener Tod auf Rezept. Da wurde die Jugend noch einmal angezündet, da wurde die sich heranschleichende Alterung achtlos arrogant aus den Nasenflügeln geblasen. Und trotzdem machte der Nachmittag auf der Sonnenterrasse schon längere Schatten Richtung ewiger Dunkelheit.

Im gleißenden Gegenlicht von Helenas Goldrauschblick trieb ihr der Wind permanent Tränen aus den Augen. Zwischen den Vertikalhorizonten blieb nur das Meer unverglast. Wie der Zeiger eines Thermostates, der an einen zur Höchsttemperatur auflaufenden Heizkessel montiert worden war, rückte der Sonnenspiegel unerbittlich Richtung Westen. Was nicht ewig sein durfte, konnte jetzt auch kein Augenblick mehr sein. Sich vordrängelnd bezahlte Helena ein astronomisches Trinkgeld und kletterte hastig die Felsen in ihre private Badebucht hinunter.

Wieder stand sie nackt da. Wieder standen weit über ihr die im Wind flatternden Wintermäntel. Von Helenas Blickwinkel aus hatte es den Anschein, als ob sie sich an spitzigen Geländern, die aus riesigen Felsmassiven bestanden, festhielten. Sie schwamm zügig hinaus. Ihre Lungen nahmen den hochdosierten

Atemrhythmus an. Sie spürte die Kälte des Wassers nicht. Das war gefährlich, aber unter der Wasseroberfläche wusch sie sich in aller Seelenruhe. Nichts mehr konnte in sie eindringen, sie war wie eine sich auflösende Brausetablette, die prickelnd verschwand. Wenn sie sich auf dem Rücken treiben ließ, dann trieb sie das Meer unnachgiebig weiter hinaus. Eine wegdriftende Abtreibung. Wahrscheinlich saß Maria schon auf dem Flughafen. Zumindest ihr Phantom, ihre Haut lag ja noch auf Helena. Sollte sie sich dem ergeben? Sollte sie ausgerechnet an einer Abtreibung zugrunde gehen?

Kraftvoll, mit aller Ignoranz für Atemnot, kraulte Helena ohne Zwischenstop in die Bucht zurück. Mit dem ersten festen Boden unter ihren knallrot durchbluteten Füßen versagten ihr die Beine. Sie sank auf die Knie. Sofort kippte ihr Oberkörper nach vorne ab. Ihr Gesicht lag pulsend auf mit Sand bezogenen Kieselsteinen. Windböen pfiffen ihr unter dem After durch. Abgleitende Sonnenstrahlen verharrten irritiert auf ihrem pumpenden Rücken. Keuchend blieb sie so, der kalte Wind tupfte die Nässe auf ihrer Haut ab. Eine weiße Statue auf einem hellbraunen Sandteller in einem schiefergrauen Felsrelief. Ein dreidimensionales Bild für die Anti-Ewigkeit.

Mit ihrem Halstuch rieb sich Helena den Sand von der Haut. Ihre Haut glühte. Noch mehr glühte sie von innen heraus. Sie schwieg nicht, sie schrie nicht, sie konnte nicht die Arme ausbreiten und mit Flügeln davonfliegen. Wie sie sich ankleidete, wie sie aus der Bucht wieder nach oben kletterte, wie sie in ihr Auto stieg und nach Cadaqués fuhr, das alles bekam Helena nicht mit. Sie bemerkte sich erst wieder, als sie an der Strandlinie an einem Tisch auf einem Stuhl vor dem Meer saß und laut und deutlich Kaffee bestellte. Sie zuckte richtig zusammen, als sie die Lautstärke ihrer eigenen Stimme vernahm. Sofort wich auch der Kellner erschrocken eine geschlängelte Körperlinie zurück. Fast wäre ihm dabei das Tablett aus der Hand gerutscht. Er lächelte nicht, als er es wieder waagerecht im Griff hatte und sie ansah. Ein paar Nuancen leiser wiederholte Helena die Bestellung, zuzüglich eines Pastis ohne Wasser, den sie schuldbewußt und frei erfunden anfügte.

Auf irgendeinem Hausdach im westlichen Teil des Dorfes, dort, wo Helena gerade einmal vor ein paar Stunden neben Marias Leib aufgewacht war, stand ein kraftvoll scheppernder Lautsprecher. Er beschallte die noch sonnenübertünchte Uferversammlung

109

mit den Gipsy Kings. Stark schwankende Windböen machten aus ihren auf populär gemachten Zigeunergitarren stark eiernde Fragmente einer Melodie, die mit Lagerfeuer und Zigeunerromantik nichts mehr zu tun hatte. An der vor Helena liegenden Felsenskyline peitschten Wellenkämme in nicht vermutete Höhen hinauf. Durch den scheppernden Lautsprecher konnte man das Andonnern der Wellen gegen die Felsen nur in eiernden Ausschnitten hören. Dadurch wirkte das Naturschauspiel wie ein entfremdeter Stummfilm.

Wie hätte Gianni diese Entfremdung gemalt, wenn er jetzt noch leben würde?

Anklagend grell und detailverliebt surrealistisch, ahnte Helena. Natürlich bewunderte sie Dalí, aber die Quelle ihrer Ahnung hatte doch eher mit ihr ausgestreckt im Doppelbett gelegen. Nacht für Nacht. Gianni hatte stets treffsicher den Puls der Zeit – wohlgemerkt nicht den Trend und die kommende Mode, auch nicht die Wahlprognosen, die Zukunftsdeuteleien und die Konsumvorhersage für irgendeine statistische Bevölkerungsgruppe – sondern den Puls der Zeit gespürt. Und schon der Puls der Zeit, in dem Gianni noch gelebt hatte, hatte gesagt, daß diese Gesellschaft, in der er mit Helena das Doppelbett geteilt hatte, weitaus surrealistischer gewesen war als der Dalísche Surrealismus zu seiner Blütezeit. In Helenas Generation konnte der Surrealismus kein Mißstand mehr sein, weil der Realismus nicht mehr stattfand, sondern nur noch dargestellt wurde. Der Realität blieb nicht viel mehr übrig, als ein vorgegaukelter Realismus zu sein. Nun war ja so ein vorgegaukelter Realismus gewiß nicht automatisch ein realer Surrealismus. Wenn Helena die Abläufe in ihrer Zeit ganz spanisch vorkamen, dann war das zumindest im Moment ganz in Ordnung. Schließlich war sie ja jetzt vor Ort. Der Punkt lag jedoch nicht im Spanischen, sondern darin, daß für Helena viele Gesetzmäßigkeiten in ihrer Gegenwart geradezu selbstverständlich surrealistisch geworden waren. Helena war sich sicher, daß Gianni diese Wahrnehmung mit ihr geteilt hätte, wenn er jetzt neben ihr sitzen könnte.

Man hatte Aufgaben. Friedlich sollte man sein. Tolerant, weltoffen und zwanglos. Sollte man sein. Beispielgebend, nächstenliebend und marktwirtschaftlich kapitalistisch. Sollte man sein. Und aufgeklärt, gebildet und zukunftsorientiert. Sollte man natürlich sein. Und mitfühlend, engagiert und vor allem ehrlich. Sollte man unbedingt sein. Mit einer ganz ungezwungenen Natürlichkeit. Sollte man das alles sein.

All das wurde tagtäglich impliziert, implantiert und ganz global importiert. Während es sehr laut war. Sehr schnell, hektisch und unsensibel. Sehr vermeintlich hemmungslos war es währenddessen. Also puritanischer denn je. Sehr oberflächlich, etikettiert und effekthaschend war es ohnehin schon länger. Ehrliche Nachrichten an den Mensch waren ausgeklügelt gefilterte Botschaften an die anonyme Nation. Natürlich gemachte Gesichter hatten mit gezwungener Perfektion ungezwungene Natürlichkeit zu spiegeln. Natürlich wurden Masken auch abgerissen, aber auch die darunterliegenden Gesichtsausdrücke waren schon prophylaktisch zugekleistert worden. Natürlich konnte man die abschminken, das war weder schwierig noch kompliziert, aber nach wie vielen Schichten würde man wirklich einem authentischen Ich begegnen? Liebäugelte man damit, stattdessen jemandem einfach in die Augen zu schauen, brauchte man fast ein Fernstudium zur klinischen Diagnostik.

War nicht gerade dadurch der Surrealismus zu *dem* Weg geworden, etwas wirklich, etwas realistisch darzustellen, getreu der menschlichen, d.h. der menschlich wirklichen und der wirklich menschlichen Natur?

So hätte Gianni 1990 gedacht und gemalt.

Schon 1942 sprach Dalí von einer „übermechanisierten" Zeit. Helena hätte zu gern gewußt, welches Adjektiv er in einem Jahr Zweitausend der Zeit zugeschanzt haben würde. Dalí war der Meinung, daß diese übermechanisierte Zeit die Fähigkeiten der irrationalen Phantasie völlig unterschätzte. Die irrationale Phantasie erschien unbequem und unpraktisch. Für Dalí war sie aber der Ausgangspunkt aller Entdeckungen. Und er merkte dazu an, daß die Realität der Produktionskampf war, daß ohne Magie und ohne Irrationalität nur noch Leere sein würde.

Nun war inzwischen 1990, und der Surrealismus war augenscheinlich gerade nicht mehr nur irrational, symbolisch oder gar magisch. Aus dem Verschlüsseln, Verschleiern und Interpretativen war die nackte Wahrheit geworden. Helena lebte noch, Dalí gerade nicht mehr, und Gianni hatte sich vor Entsetzen bestimmt schon tausendfach in seinem Grab herumgedreht. Dafür hatte Dalí bisher noch wenig Zeit gehabt. Und auch wenn Picasso nie wirklich gestorben gewesen sein sollte, zumindest sein Grab mußte auch schon diese mächtigen Umdrehhügel aufweisen.

Der scheppernde Lautsprecher und somit auch die Gipsy Kings hatten inzwischen Feierabend gemacht. Es war still in der Bucht geworden. Helena hatte es überhaupt nicht bemerkt. Ihr Zeitgefühl stellte sich erst wieder ein, als sie sah, wie tief die Sonne über den westlichen Felsen stand. Das Wasser in der Bucht färbte sich schon dunkelorange. Ein hin und her schiebendes Spiel in Korridoren, die glühende Wendejacken produzierten. Helena atmete nur noch wie ein Notstromaggregat.

Plötzlich wurden ihre Tischnachbarn, dann die ganzen Stuhlreihen im Sand unruhig. Helena sah ihn erst spät. Schnatternd schwamm ein Delphin in die Bucht hinein. Das von den Felsen schräg abgeschnittene Sonnenlicht tauchte ihn in eine rotgoldene, warm schmelzende Hutschachtel hinein. Hinter ihm schloß sich rasch die fast kupferne Schwimmrinne. Wie eine Gnadenstraße, wie die Mercy Street. „Mercy Street" war für Helena der beste Song, der in der gesamten Geschichte der Rockmusik jemals geschrieben worden war. Und dann sang dieser Peter Gabriel von dieser Gnadenstraße, als ob er an seinem eigenen Totenbett stehen würde, während er ganz auf das Minimum reduziert, ganz nichtig und ganz demütig verstarb. Aber nicht allein für sich. Ein Glücksmoment, ein musikalisches, unendlich verdichtetes Bild, so wie jetzt dieser schnatternde Delphin in diesem göttlichen Abblendlicht mit dezent additiven Nachtnuancen. Helena bekam eine dickporige Gänsehaut, ohne zu frieren. Flammende Schauer jagten sich ihrer Wirbelsäule entlang durch den Herzschlag hindurch bis in den Unterleib hinunter. Der Delphin war jetzt fast am Ufer. Er umkreiste eine Segeljacht, schwänzelte um die Ankerkette und biß ab und zu hocherfreut in sie hinein. Mit rostigen Zähnen schien er keine Probleme zu haben, frech schnatternd zeigte er sein Gebiß.

Ein spanischer Familienvater setzte seine zwei kleinen Kinder in ein fast noch kleineres Ruderboot. Mit Schuhen und Hose stand er bis über die Knie im Wasser, brachte die Nußschatulle auf Kurs, sprang hinterher und griff nach den Riemen, die bestimmt schon durch viele Fischerhände gegangen waren. Behutsam und konzentriert stocherte er den Tanzspuren des Delphins hinterher. Mit großen, bewundernden Märchenaugen sahen die zwei kleinen Kinder in das Gesicht ihres Vaters.

„In your Daddy's arms again" – wieder in Vaters Armen, „hey hell" – hey Hölle, „mercy" – Gnade, „the boat is outside" – das Boot ist draußen, „looking for mercy" – nach Gnade Ausschau haltend. So war das damals für Peter Gabriel gewesen. Und so war es jetzt in der Bucht von Cadaqués.

„In your Daddy's arms again". Helena flatterte einer Ohnmacht entgegen. Aber sie spürte es ganz deutlich, ganz rein: Sie hatte Sehnsucht danach. Da gab es keine Rationalität, keine Erklärungsversuche mehr. Verleugnungen, Abspaltungen und Abwehrhaltungen waren nicht mehr existent. Mit alldem, was ihr Vater ihr angetan hatte – jetzt war es pure Sehnsucht. „In your Daddy's arms again". Konnte so etwas sein?

Dem Delphin schien es zu gefallen. Verspielt umkreiste er die heftig schwankende Nußschale und stupste die Kinderhände an, die erst scheu, dann begeistert im Wasser hingen. Auch die hochgekrempelten Ärmelchen und die fiebrigen Kindergesichter benetzte er glucksend mit Wasser. Lautlos glückliche Kinder mit kreischend lachenden Augen. Bescheiden und stolz schmunzelte der Familienvater, der alle Hände voll zu tun hatte, das Boot nicht kentern zu lassen. Plötzlich schien es, als ob der Delphin die Luft anhalten würde und zum Sprung in das Boot ansetzte. Die kleine Familie in der Nußschale erstarrte. Die ganze Bucht atmete nicht mehr. Dann sprang er. Akrobatisch elegant drehte sich der Delphin in der Luft, streichelte über das Boot hinweg und tauchte schon ein paar Ruderschläge entfernt wieder ein. Mit Kurs auf das offene Meer schwamm er noch einmal frech schnatternd davon. Die ganze Bucht atmete auf einmal aus. Der sich rasch entfernende Delphin antwortete nochmals mit knatternder Stimme. In den schwarzen Wellenkämmen mit den dunkelroten Häubchen war er rasch außer Sichtweite. Tief in Gedanken versunken ruderte der Familienvater seine zwei Kinder langsam an das Ufer zurück. Auch sie waren ganz still. Sie spürten genau, daß sie einem nicht ganz alltäglichen Freund begegnet waren. Momente, die sich nicht mehr wiederholen würden. Momente, die so klein machten, wie es einem maximal zustand.

Alle drei wurden sie stumm umarmt, als sie strandeten. Passanten hoben die Kinder behutsam aus dem Boot. Viele Hände halfen dem Familienvater, es weiter den Kies hinaufzuziehen. Erst jetzt setzte Stimmengewirr und Lachen ein. Es war schon fast dunkel, und plötzlich war Volksfeststimmung.

Helena war noch gelähmt. „In your Daddy's arms again", inmitten dieser herzzerreißenden Bilderflut. Das war ein echter Sehnsuchtsbeschleuniger. Zum ersten Mal fehlten pro-depressive Selbstverbalisierungsversuche. Wie ein Blitzschlag war das in sie eingefahren. Und der krachende Donner dröhnte weiter, „hey hell" – hey Hölle, „mercy" – Gnade. Die Schweißnaht der Sonne war in die Nacht getropft. Die Nacht hatte schon alle Abendwolken eingesammelt. Schwarzlicht fiel darüber und deckte die Dunkelheit zu. Helena erhob sich aus ihrem Stuhl. Das war mitnichten einfach, gleichzeitig auf zwei Beinen zu stehen.

Zwei Männerarme, die sie von hinten stützten, sie schwankte ja auch nicht unerheblich, waren um ihre Brustpartie geschlungen. Blitzschnell fuhr Helena herum und drückte den Mann, der sie eher erschrocken als erstaunt anstarrte, energisch von sich weg. Ihr Arm war ausgestreckt, wie eine Pistole war ihr Zeigefinger auf sein Brustbein gerichtet. Die dazwischen gelegte Distanz kochte. Wortlos fixierte Helena den nicht schuldig aussehenden Blick des Mannes, bis dieser stumm mit den Schultern zuckte, sich abwandte und Richtung Strand davon ging. Schaulustige starrten irritiert, so als ob sie sich nicht entscheiden konnten, ob sie Helena jetzt beklatschen oder auspfeifen sollten. Ein gealternativter Freak pfiff seinen Hund zurück, ein alter Mann wog seinen Kopf hin und her, eine junge Frau schrie auf Englisch etwas zu ihr herüber, aber die Vermittlung blieb im Nachtdunst hängen. Helenas Herz pochte wie knallendes Popcorn im siedend heißen Kochtopf, doch langsam spürte sie wieder festen Boden unter ihren zitternden Beinen. Erst jetzt wurde sie richtig wütend. Hier handelte es sich schließlich nicht um eine Heuschnupfenallergie oder um ein Kavaliersdelikt. Eine Fallende unter Zuhilfenahme ihrer Brüste aufzufangen, war das wieder so eine moderne Strömung, von der sie nichts mitbekommen hatte?

Auch sie ging jetzt am Strand entlang. Die Nachtlichter von Cadaqués verschwammen zerstückelt in der Brandung. Fast kein Wind, fast milde Temperaturen. Helena war unruhig. Die Vatergeschichte, die Allergie, der Ekel, der Haß - und gleichzeitig diese dafür viel zu große Sehnsucht. „In your Daddy's arms again". Cadaqués war fast vorbei. Das spürte sie. Und wäre es nicht so, hätte sie trotzdem wieder auf die Straße müssen. Sie wollte zu ihren

Kindern. Und wollte sie davor noch eine Schleife über Genua ziehen? Es war wie in einer Vorhut der Nachunendlichkeit.

In einem kleinen Restaurant in der Altstadt aß sie Fisch mit Kartoffeln, trank sie Weißwein mit Espresso. Auch dort hing ein Bild von Dalí an der Wand, welche kunstvoll mit Fischernetzen überzogen war. Nur das Bild von Dalí war ausgespart worden. Eine Reproduktion von „Weiches Selbstbild mit gebratenem Speck" aus dem Jahr 1941. Anstelle seiner Seele hatte Dalí hier den Handschuh seines Ichs gemalt. Trotzdem hatte er auch in diesem Werk den Punkt Null überscharf getroffen, diesen Punkt, der zur Vergangenheit und zur Zukunft immer exakt die gleiche Entfernung hatte. Eine geeichte Balance, die weniger mit Lebensmitte als vielmehr mit Augenblicklichkeit zu tun hatte. Da hätte jetzt also auch zwanglos ein weiches Selbstbildnis von Helena hängen können. Ob mit oder ohne gebratenem Speck spielte keine Rolle mehr. Die unbewußte Augenblicklichkeit geschah im Auge so rasch, daß für Bewußtsein und Rationalität nicht der Wimpernschlag einer Zeitsequenz übrig bleiben konnte. Mit diesen Bandagen schmeckte Helena selbst an solch einem Tage das Essen ausgezeichnet.

Helena schlenderte ins Belle Epoque. Drinnen war es immer noch nicht wärmer als draußen. Abgestandener Rauch polierte an der Unmöglichkeit eines tiefen Lungenzuges herum. Frischer Rauch kam nur von dem symbiotischen, deutschen Männerpaar, das sich schweigend und schreibend gegenüber saß. Wahrscheinlich waren sie nie gegangen gewesen, wahrscheinlich hatten sie seit gestern Nacht bis jetzt am Stück geschrieben und – geschwiegen. In den Freudschen Lawinen der Persönlichkeitsinstanzen vielleicht, die sie ohne Punkt und Komma zu überrollen versucht hatten. Würde der Herzschlag des Langhaarigen jetzt wie ein Überfallkommando vom Tisch fallen, dann finge es der Kurzhaarige ohne Frage reflexartig mit dem Cognacschwenker auf. Sehr gerade durchgebogen saßen sie sich gegenüber. Es schien noch eine Frage der Zeit zu sein, bis der nächste Verbalelfmeter versenkt sein würde. Janis Joplin stöhnte auf die kritzelnden Füllfederhalter nieder, was diese noch zu beschleunigen schien. Helena war von der Vorahnung ergriffen, eine bleibende Institution kennenzulernen. Klar könnte sie auch nächstes Jahr genau hier durch die Tür treten, die zwei Gedankenjunkies würden immer noch am selben Tisch sitzen und schreibelastisch vor sich hinfedern. Im Grunde war das süß, so eine Konstante im Leben. Und der Wolf mit Pinguinweste und der Hirsch in einer Schildkrötenjacke waren auch süß. Ein tolles Paar.

Helena hatte vor ein paar Jahren mit dem Schreiben aufgehört. Sie hatte Angst davor bekommen. Wenn sie geschrieben hatte, dann war zu viel geredet gewesen, nachdem zu wenig passiert war, dann war nichts gesagt gewesen, nachdem alles passiert war. Wenn sie geschrieben hatte, dann war alles köstlich, aber nichts mehr kostbar gewesen. Und vor allem war alles, was sie aufgeschrieben hatte, schneller in ihr weggewesen, als all das, was sie nicht aufgeschrieben hatte.

Helena setzte sich an die Theke. Zum ersten Mal seit ihrer Zeit als Punkerin hatte sie Lust, richtige Lust, sich vorsätzlich zu betrinken. Das Haltesignal war freigegeben, der Rammbock nicht weit entfernt, ihre Kinder waren zum Glück nicht da. Wenn ihr das jetzt gleich wieder leid tun würde, dann bliebe zu viel übrig, was sie bereuen könnte. Auch im richtigen Leben sollte es doch möglich sein, Fassade und Gerüst gleichzeitig zu verlieren. Zwischen Niedrig- und Hochprozentigkeit schenkte die Tochter des Wirtes großzügig ein. Helena trank hier schnell, dort langsam, nippte hier, kippte dort. Da war sie ein paar Tage weg von zu Hause und hatte das Gefühl, seit Jahren unterwegs zu sein. Sie starrte an die Wand, auf diesen faltenlosen Weißschleier mit den faltenlosen Nikotinschlieren. Nur die Skizze von Dalís Kopf schaute gefaltet zurück. So regelmäßig gefaltet, daß der Kopf fast gekachelt wirkte. Und auch Helenas Fugen wurden langsam dicht. Sie hatte beschlossen, sich richtig zu betrinken. Moment, und jetzt entschied sie, es nicht zu tun? Es hatte nicht einmal etwas mit ihrem Vater oder ihren Kindern zu tun, auch nicht mit sonstigen noch lebenden oder bereits verstorbenen Personen. Im Laufe der Jahrzehnte hatte sie es verlernt, sich einem Rausch kopflos hinzugeben. Sie konnte sich nicht mehr vorsätzlich öffentlich enthemmen. Als Punkerin war sie da weitaus weniger privat gewesen.

Der Wirt und seine Tochter wohnten direkt über dem Belle Epoque. Komplett unvermittelt fragte Helena die Tochter des Wirtes, die gerade einen weiteren Gehirnbaustein Bier mit Cognac für die zwei deutschen Marathonschreiber herrichtete, ob es möglich wäre, jetzt bei ihr oben zu duschen. Niemand, der das jetzt Helena erklären konnte. Und auch sie selbst saß wie vom Blitz getroffen da. Da hatte sie sich fast jeden Tag im Meer gewaschen.

Und plötzlich hatte sie dieser Heißhunger nach warmem, nach womöglich heißem Wasser auf ihrer Haut überfallen. Die Salzkruste abwaschen, die Nacktheit nicht einfrieren, sondern aufglühen, die Gänsehaut ausfallen lassen, die innere Schweinehündin nicht überwinden. In einem nicht angetrunkenen Zustand hätte sie sich solch eine Frage an eine unbekannte Person nie getraut. Jetzt war sie angetrunken, und die Frage war von der Tochter des Wirtes bereits gehört worden. Ihr glitt das Tablett für Deutschland nicht aus der Hand. Sie sah ruhig in Helenas fragenden Augen hinein, und Helena hoffte inständig, daß sie es bitte, bitte nicht als Einladung zum gemeinsamen Duschen betrachten würde. Was sollte sie da jetzt erklären?

Noch war Schweigen. Helena stammelte auf Spanisch, daß sie dem Alkohol dabei zusehen wollte, wie er auf Nimmerwiedersehen im Abfluß verschwand. Die Tochter des Wirtes stellte das Tablett wieder ab. Sofort hatten zwei protestierende Augenpaare das Schreiben eingestellt und starrten sie nicht einmal vorwurfsvoll, eher tief ungläubig an. Mit einem Kichern gab sie Helena den Schlüsselbund. An ihm waren keine erwartungsvollen Fragezeichen festgemacht. Das sah Helena sofort. Sie solle sich wie zu Hause fühlen. Ihr Vater sei nicht oben. Paco de Lucia spielte heute abend in Barcelona. Schon seit Wochen sei er im musikalischen Fieberwahn gewesen. Da könne sie beruhigt auch Stunden duschen. Ihr Name sei übrigens Luisa. Helena drückte ihr einen Kuß auf die Wange, die sich wie eine Schwester anfühlte. Eine Schwester hatte Helena noch nie gehabt.

In ihrem Kopf hatten die steilen Stiegen nach oben eher den Charakter einer Wendeltreppe. Auch ohne ausgetretene Treppenabsätze taumelten Denksplitter durch Helenas Gedankenlosigkeit. Frisch geduscht nach Genova, und das von Cadaqués aus? Woher sollte sie das in ihrem Zustand gerade jetzt noch wissen? In der Wohnung roch es nach kaltem Rauch und irgendwie nach Zitrusfrüchten. Als sie im Wohnzimmer Licht machte, empfing sie eine ganze Plantage von Orangen- und Zitronenbäumchen. Zwischen den Pflanzen standen immer wieder kunstvoll verzierte Gitarren auf silbernen Ständern. Vor ein paar Jahren hatte Helena den Wirt im Belle Epoque spielen gehört. Er war virtuos, schnell, exakt und hatte eine ganz eigene Stilrichtung aus Flamenco und Jazz zwischen die Saiten gelegt. An der Wand über dem Sofa hing ein großes Schwarzweißphoto von Dalí und Gala in der Bucht von Port

Lligat. Helena schätzte, daß es um 1970 herum aufgenommen worden war. Sie trat ganz nahe heran, zweifelsohne war es ein Originalphoto. Im Bad zierten gerahmte Plakate von lang zurückliegenden Flamencokonzerten die pastellblauen Wände, es war kalt und feucht. Im Handumdrehen, inklusive einer alkoholisch bedingten Pirouette, stand Helena unter der heißen Dusche. Das, was ihr über das Gesicht floß, schmeckte anfangs salzig. Unter dem prasselnden Wasser hatte sie das Gefühl, daß ihr Körper glückselig anschwoll. Ihre Haut saugte die Wärme wie ein Glühwürmchen auf. Aus ihren Achselhöhlen dampften schwere Wolken federleicht ab. Hitze rauschte sprudelnd in ihrem Schritt zusammen. Sie stellte die Beine weit auseinander, bog sich entlang ihres nachgiebig werdenden Rückens nach hinten. Wassermassen klatschten wie massierende Hände auf sie herab. Das mußte das Paradies sein. Helena öffnete den Mund und trank und trank und trank.

Unten im Belle Epoque setzte sie sich wieder an die Theke. Helena gab Luisa den Schlüsselbund zurück. Luisa küßte sie auf die Wange. Sie richtete gerade ein neues Tablett für das Duo der deutschen Schreiberzunft. Ihre Füllfederhalter schwebten auch nicht mehr ganz so schwerelos über das stumme Papier. Helenas Haut glühte nach, bestimmt war sie krebsrot im Gesicht. Muskeln und Knochen waren wohlig weich wie Watte. Ihre Selbstzerstörungsreaktoren waren endlich alle abgeschaltet. Soweit sich Helena zurückerinnern konnte, war das zum ersten Mal so. In ihrem Leben. Ohne eine kleine private Feier wollte sie das so nicht stehen lassen. Sie fragte Luisa nach einem Rotwein, der diesem Ereignis würdig sein könnte. „Bach", Jahrgang 1979, las sie dann auf dem Etikett. Auch Luisa schenkte sich ein Glas ein. Eine Gnade sei es, sein Echo immer dabeizuhaben, merkte sie so trocken, wie der Rotwein auf die Zunge tupfte, an.

Helenas Durchbruch war ein Aufbruch. Die Eingangstür war jetzt nur noch ein Ausgang. Aber dahinter, was ursprünglich davor gewesen war, stand nicht mehr die Zwangsjacke, in die sie dann immer automatisch gefallen war.

Auch Luisa schaute irritiert auf. Die zwei deutschen Dauerschreiber hatten gleichzeitig laut hörbar ihre Bücher zugeklappt und waren an den Billardtisch getreten. Ohne Füllfederhalter wirkten sie richtig nackt. Die ersten Kugeln krachten gegeneinander. In den deutschen Blickgefechten konnte man sofort erkennen, daß es hier um alte Rechnungen ging. Wahrscheinlich sogar um die Abschaffung oder um den Erhalt eines dauerhaften Ungleichgewichtes, was wiederum auf den Blickwinkel ankam. Immer mehr Gäste füllten den Raum. Geschickt und unspektakulär bediente Luisa die klammen Hände. Sie mochte um die dreißig sein. Ziemlich sicher war sie schon mit fünfzehn Jahren durch dalinistisch und stalinistisch gefärbte Gästewünsche gewirbelt.

Eigentlich hatte Helena vorgehabt, noch einmal draußen in Port Lligat zu übernachten. Jetzt zögerte sie. Vor allem, Luisa danach zu fragen, ob sie auch oben schlafen konnte. Die Versuchung war groß. Eine warme, weiche Bettdecke und ein richtiges Kopfkissen. Sie war doch keine zwanzig mehr. Vor allem die Nacht in der Höhle steckte ihr noch sündhaft schmerzvoll in den Knochen. Das begriff sie erst jetzt. Daß sie in den letzten zwanzig Jahren nie begriffen hatte, daß sie keine zwanzig mehr war. Klar, für den Geist waren das immer perfekte Fortbildungsveranstaltungen gewesen. Zum Beispiel nachts im Winter in eine Höhle wie in den Mutterleib zurück zu kriechen, auf einen Schwung in eine Unschuldigkeit zurückzuregredieren, die sonst nirgendwo anzutreffen war. Oder im Eiswasser noch einen Tick weiter als die Aushaltbarkeit hinauszuschwimmen, nur, um die drohende Uferlosigkeit auch noch mit auf den Spielplan zu bekommen. Tolle Trainingsspiele für Kopf und Seele. Aber ihren Körper hatte Helena nie gefragt. Wie auch, seit ihrer Pubertät, als sie ihn abgespalten hatte, war er unbekannten Aufenthaltsortes gewesen. Letztendlich gebührte Maria der Finderlohn. Im Grunde jedoch Gianni. Und Gianni, der tote Gianni, war noch viel mehr an ihren grenzwertigen Gratwanderungen mit Schicksalsaufforderungscharakter beteiligt gewesen. Wäre etwas schiefgegangen, dann hätte sie zumindest ihn wieder treffen können.

Die Versuchung war groß. Eine warme, weiche Bettdecke und ein richtiges Kopfkissen. Helena hatte nicht mehr das Gefühl, daß es Luisa in den falschen Hals bekommen würde. Hinter ihrem Hals hatte Luisa keinen falschen Hals. Luisa war so transparent und durchlässig, daß man das sehen konnte. Natürlich könne sie oben schlafen.

Im Billard waren die zwei deutschsymbiotischen Dauerschreiber alles andere als im Gleichklang. Es gewann immer der Wolf mit der Pinguinweste, was dem langhaarigen Hirsch in der Schildkrötenjacke mitnichten gleichgültig war. Da klebte viel Geschichte dran. Mit hochrotem Gesicht steigerte sich der langhaarige Deutsche in Stöße hinein, die seine Kugeln nur noch in den Leerlauf beförderten. Helena trat an den Tisch und legte ein Einhundertpesetenstück auf den Rand. Zerstreut und abgelenkt spielten die von ihrem Handwerk entfremdeten Deutschen die Partie zu Ende. Gefordert hatte Helena den Gewinner. Dadurch, daß der Wolf in der Pinguinweste hinter der schwarzen Kugel die weiße gleich mitversenkte, hatte es Helena nun mit dem Dauerverlierer zu tun. Sie sprachen die gleiche Sprache, redeten aber kein Wort miteinander. Helena stieß an. Zwei volle Kugeln rannten sofort in die Löcher. So eine Vergangenheit als Punkerin hatte auch seine Vorteile. Mit zwei weiteren Stößen versenkte sie ökonomisch diszipliniert zwei weitere Kugeln. Erst dann war der langhaarige Hirsch in der Schildkrötenjacke, der sich mit Markus vorstellte, an der Reihe. Als Helena alle vollen Kugeln vom Tisch hatte, mußte er noch fünf halben Kugeln ins polierte Angesicht schauen. Über zwei Banden hinweg versenkte Helena auch die schwarze Kugel. Auch hier lief die weiße Kugel ins Loch hinterher. Markus wollte diesen Sieg nicht, ein weiteres Trauma schien sich ihm aufgetan zu haben. Der Wolf mit der Pinguinweste forderte nun Helena. Sie drückte ihm den Queue in die Hand und verwies ihn auf Silvester 1990.

Luisa hatte inzwischen feine Schweißperlen auf der Stirn. Helena trank an der Theke noch einen Cognac, den die zwei Deutschen bezahlt hatten, bevor sie gingen. Sie prostete den zwei leeren Schreibplätzen zu. Morgen würde sie nicht mehr hier sein. Spontan hatte sie Lust, Luisa beim Bedienen zu helfen, aber sie konnte nicht mehr. Zwischen Flaschenhälsen und Cocktailmixturen umarmten sie sich flüchtig. Willenlos glasig versuchte Helena, die sich andeutende Wendeltreppe wie eine gerade Stiege zu nehmen. Es gab kaum Ausfallerscheinungen.

Sie hatte schon tief und fest geschlafen, als Luisa ins Bett kroch. Schlaftrunken dachte Helena im ersten Moment, es sei Maria. „Heartbreak Hotel" von John Cale fiel ihr benommen ein. Jetzt bloß nicht im Heartbreak Hotel liegen. Aber draußen war es wohltuend dunkel, die rotbelichteten, sündigen Meilen schienen erst im Andreasgraben beben zu wollen. Und Luisa war nicht nackt, sondern hatte einen langärmeligen, seidenen Pyjama an.

Seufzend schmiegte sie sich in Helenas Arme und schlief sofort fest ein. Und in welchem Zustand Maria jetzt in einem englischen Bett liegen mochte, konnte Helena sich ja frei ausmalen. Sie mußte grinsen. Je länger sie herumpinselte, desto schriller wurde das Gemälde. Der Wind nahm noch zu. Fensterläden klapperten, Plastikmüll wirbelte durch Gassen, Pinienäste pfiffen der heulenden Stimme einer unsichtbaren Luftmassenbewegung nach. Dann sich ganz tief in die Bettdecke zu kuscheln, den Teddybären fester in die Arme zu nehmen - so war Helenas Kindheit gewesen. Die Bettdecke war wieder da, aus dem Teddybär war eine unbekannte Frau geworden, die sich aber gar nicht so unteddybärmäßig anfühlte. In solch einem Alter mit solch einer Biographie noch einmal so Kind sein zu dürfen, das war auch so eine Mercy Street, eine Gnadenstraße.

Luisa und Helena erwachten so, wie sie eingeschlafen waren. Nichts war komisch oder sogar befremdend. Verfremdet war nur der Ausblick, im Fensterausschnitt stand grell die Sonne. Während Luisa sich um ein Frühstück kümmerte, duschte Helena gleich noch einmal. Unverschämter fand sie es, daß sie Luisa um ein Telefonat nach Deutschland bat. Luisa schüttelte nur den Kopf, sie solle doch einfach machen. Emily war sofort am Apparat. Wann die Frau Mutter denn endlich einmal wieder nach Hause kommen würde, sie hätte so viel loszuwerden, Pläne, Ideen, Spinnereien, sie wisse schlichtweg nicht mehr, wohin damit. Helena erzählte nichts von Cadaqués, erwähnte aber Genua. Da jubelte es am anderen Ende der Leitung. Emily bekam sich überhaupt nicht mehr ein, lachte und schluchzte gleichzeitig, fast hysterisch rang sie um ihre Stimme. Sie müsse jetzt sofort nach Hause kommen, die Frau Mama. Wirklich Genova, in Giannis Heimat, nach Italien, in den Puls der Mode? Sie solle doch jetzt gleich noch eine Schleife über Genua fahren und alles abklären. Helena schluckte durchnäßt. Luisa stand neben ihr und hielt sie an den Schultern. Helena gelang kein Wort mehr. Sie küßte Emily durch den Hörer und legte auf. Luisa nahm sie in die Arme. Die Tür ging auf, und Luisas Vater trat ein, vollständig übernächtigt und ziemlich betrunken. Freundlich reichte er Helena die Hand und entschuldigte sich. Er hatte die Nacht mit Paco de Lucia zum Tag gemacht. Sowohl auf der Gitarre, als auch in einer Bar in der Altstadt von Barcelona. Vor drei Stunden hatte man sie dann freundlich hinausgeschmissen gehabt. So ganz geradeaus konnte er nicht mehr nach Hause fahren, die Schlangenlinien durch die Morgendämmerung hatten Zeit gekostet, räumte er schmunzelnd ein. Seine Augen leuchteten, feine Schweißperlen punktierten seine hohe Stirn. Bevor er in sein Zimmer ging, drückte Luisa ihm liebevoll einen Kuß auf die Halbglatze. Helena hielt den Atem an. Das schockte sie. Das Bild, wie sie ihren eigenen Vater zum Beispiel auf die Stirn küßte. Unvorstellbar. Und doch existierte dieses Bild jetzt, ohne daß der Grund unter ihren Füßen bodenlos wurde.

Luisas Vater küßte Helena auf beide Wangen. Hinter der verschlossenen Tür seines Zimmers erklang kein mollbetontes Schnarchen, sondern ein fliegendes Fingerstaccato auf einer hellklingenden Konzertgitarre. Rasend schnelle Läufe, die nicht nur technisch brillant waren, sondern gleichzeitig von einer feurig knisternden Zigeunersehnsucht getragen wurden. Tempoverschleppende Zwischentöne einer menschlichen Stimme, die es offensichtlich gewohnt war, die Seele nach außen zu kehren. Ein lebensbekräftigender Einklang vor einer mehrstimmigen Klagemauer. Plötzlich sah Helena die Nacht von Luisas Vater mit Paco de Lucia klarer.

In der lindgrün gekachelten Küche trank sie mit Luisa Kaffee. Die Gitarrenklänge inhalierten den Rauch der Zigaretten. Luisa öffnete das Fenster. Sie sah viel müder als ihr Alter aus. In ein paar Stunden würde sie wieder ein Stockwerk tiefer hinter dem Tresen stehen und verglaste Mixturen für schreibabhängige Deutsche herrichten. Der einströmende Wind war frühlingsmild temperiert. Auch er mußte keine Konversation machen. Es war in Ordnung zu kommen, es war in Ordnung zu gehen. Luisa und Helena verband etwas, das den Abschied problemlos machte. So als ob man sich gleich morgen wieder sehen und zusammen übernachten würde. Als sie sich zum Abschied umarmten, war die Gitarre von Luisas Vater verstummt und durch ein mollbetontes Schnarchen ersetzt worden. Draußen vor der Tür rollte es rhythmisch durch die Gasse, die Helena eine zunehmende Entfernung gab.

Noch einmal saß Helena auf dem Cap de Creus. Ein laues Windspiel um die Farbe Blau umhüllte sie wie eine zweite Haut. Ihre Augenwimpern warfen kleine Schatten auf den Blick in die Pyrenäen, die in der vermeintlichen Nahlinse überscharf gestellt wie zum Anfassen waren. In dieser Richtung lag alles, was nach dem

Abschied kommen würde. Das ganze Hier aus allem Dort. Schmerzvolle Schwere und schwerelose Leichtigkeit gingen, wie in einem Taubenschlag selbstverständlich, in Helena aus und ein. Ohne Unterbrechung vibrierte sie leicht, zärtlich war sie ganz bei sich. Angekommen. Es gab keinen Grund mehr, Schmerz abzuaschen und Schmerzlosigkeit in Tablettenform in sich hineinzufressen. Ihre Seele wollte noch einmal in das Niemandshaus eines dröhnenden Herzschlages, der im Uterus der Unschuldigkeit zur Welt gekommen war. Niemand störte sie hier oben. Im Licht am Ende der Welt war sie ganz allein. Innig grüßte sie Gianni, der ganz nah zu ihr herangerückt kam. Wie die Pyrenäen, wie der Himmel, wie das Meer. Fest war nur noch der Boden unter ihren Pobacken.

Helena hüpfte die Felsen hinunter und blieb nackt auf dem Steinbett der Bucht liegen. Niemand stand oben, niemand lag unten. Wohlig drückte sie sich auf die warmen Steine und genoß den streifenden Sommerhauch. Erst dann tauchte sie ins Wasser und schwamm hinaus. Mit Salzwasserhaut würde sie nach Hause kommen. Das war wie in ihrer Zeit als Punkerin, als sie der selbstgebastelten Anarchie in Deutschland immer wieder zum Meer hin entflohen war und sich mit Salzwasserhaaren, ähnlich hart wie Bretter, über die deutsch–deutsche Grenze nach West-Berlin zurückkehren lassen hatte. Dafür hatten die innerdeutschen Grenzbeamten seltenst Verständnis gehabt. Man hatte sie festgehalten gehabt. Man hatte sie durchsucht gehabt. Man hatte sie beschimpft gehabt. Man hatte dafür gesorgt gehabt, daß sie in nackten Räumen ohne Kleider vor Augenpaare treten mußte, die noch in ihrer Entkleidung verhaftet geblieben waren. Meistens hatte man sie dann zurückgeschickt gehabt, ins Westdeutsche, im Grunde dorthin, wo sie auch hingewollt hatte. Dort hatten schon die Photographen auf sie gewartet gehabt, um noch aktuellere Paßbilder von ihr zu erstellen. All das hatte damals nicht gerade dazu geführt gehabt, ihren Anarchieeigenbau abzuschwächen.

Jetzt war Helena über doppelt so alt und schwamm im winterlichen Mittelmeer. Sie machte sich keine Gedanken mehr, ihre eigene Kraft bauschte sich ausufernd grenzenlos in ihr auf. Möwen schrien mit ihrem Schwimmrhythmus um die Wette. Jede Richtung war richtig. Auch Helena schrie jetzt. Sie war glücklich.

Wieder mit festem Boden unter den Füßen ließ sie sich ausgiebig trocknen. Wenn sie die Augen schloß und sich nur darauf konzentrierte, wie sich die Sonnenstrahlen auf ihrer Haut tummelten, dann wurde es noch viel wärmer. Die tiefstehende Sonne kam nur langsam weiter herunter. Wenn Helena die Augen schloß, tauchte sofort das Bild auf, wie Luisa einen Kuß auf die Halbglatze ihres Vater drückte. Würde sie sich auf die Suche begeben? Nach ihrem Vater?

In ihrem Würgezentrum schlugen reflexartig die Brechreize Alarm. Das war immer so weit weg gewesen, daß es als nicht existent, als absolut surreal erschien. Jetzt wurde die Nähe dieser ganzen Entfernung schon fast anfaßbar. Helena wollte ausbrechen. Aus ihrer Welt. Und einbrechen. In die andere Welt. Eventuell würde das dann dazugehören. Sich auf die Suche zu begeben. Nach dem Vater.

Im Rhônedelta mußte sie sich entscheiden. Entweder die L'Autoroute du Soleil nach Lyon hoch oder die Autobahn nach Marseille und dann immer am Meer entlang auf Genova zu. Ein paar Stunden noch. Von jetzt an. Oben vom Kap aus blickte Helena lange über das Meer. Ein alter Abschied in eine neue Zeit. Käme sie in knapp zwölf Monaten zu Silvester wieder hierher, dann würde sie nicht mehr in der Nähe des Bodensees in ihr Auto steigen. Und sie würde auch nicht mehr aufbrechen, um sich neue Streifschüsse von Salvador Dalí einzuhandeln. Das Risiko, daß er dann noch genauer zielen würde, war nicht von der Hand zu weisen. Ihr finaler Rettungsschuß lag woanders. Das wußte Helena jetzt.

Helena begab sich in die Haarnadelkurven vom Kap hinunter Richtung Cadaqués. Zeitarchitektonisch gesehen fuhr sie Richtung Untergang, dort, wo die Sonne ihren Kopf in den Schultern der Nacht bettete. Sie gab kaum Gas, ließ sich einfach rollen, sah sich in aller Ruhe noch einmal um. Hier würden die Serpentinen noch ewig an der Zivilisation nagen.

Wenn Dalí noch leben würde, dann hätte er nicht eine davon begradigt.

Weder im Bild, noch im richtigen Leben.

Quellennachweis

Buñuel, Luis: Mein letzter Seufzer, Athenäum Verlag GmbH, Königstein/Ts., 1983.

Camus, Albert: Tagebuch 1951–1959, Rowohlt Verlag GmbH, Reinbek bei Hamburg, 1991.

Dalí, Salvador: Das geheime Leben des Salvador Dalí, Schirmer/Mosel, München, 1990.

Dalí, Salvador: Verborgene Gesichter, S. Fischer Verlag GmbH, Frankfurt am Main, 1973.

Descharnes, Robert / Néret, Gilles: Dalí. Die Gemälde, Taschen GmbH, Köln, 2003.

Enzensberger, Hans Magnus: Der kurze Sommer der Anarchie, Suhrkamp Verlag, Frankfurt am Main, 1972.

Etherington-Smith, Meredith: Dalí. Eine Biographie, S. Fischer Verlag GmbH, Frankfurt am Main, 1996.

Guevara, Ernesto Che: Der neue Mensch – Entwürfe für das Leben in der Zukunft, Globus Verlag, Wien, 1984.

Lebel / Sanouillet / Waldberg: Der Surrealismus, Benedikt Taschen Verlag GmbH + Co.KG, Köln, 1987.

Secrest, Meryle: Salvador Dalí – Sein exzentrisches Leben – sein geniales Werk – seine phantastische Welt, Scherz Verlag, Bern / München / Wien, 1987.